5729.
B.

(C.)

LE FEINT
ASTROLOGVE
COMEDIE.

A ROVEN,
Chez LAVRENS MAVRRY, prés le Palais.

AVEC PRIVILEGE DV ROY.
M. DC. LI.

Et se vendent A PARIS,
Chez CHARLES DE SERCY, au Palais, dans la Salle
Dauphine, à la bonne Foy Couronnée.

A MONSIEVR

B. Q. R. I.

ONSIEVR,

MIe crains bien de me rendre vn mauuais office en voulant m'acquiter d'vne debte, & ie doute fi ie ne détruis point l'eftime que vous m'auez témoigné faire de cet ouurage, quand ie tâche de la recognoiftre par le prefent que ie vous en fais. Le Theatre luy a donné des graces qu'il eft bien difficile qu'il conferue dans le cabinet, & ces fortes de Poëmes ne pouuant eftre fouftenus ny par la majefté des vers, ny par la beauté des penfées, l'on en voit fort peu qui ne perdent prefque tous leurs aduantages hors de la bouche de ceux qui fçauent en releuer la fimplicité du ftyle. Ainfi i'ay fujet d'apprehender que cette Comedie dont la reprefentation vous a diuerty tant de fois, ne vous femble froide fur le papier, & que vous n'ayez peine à y remarquer les mefmes naïfuetez qui vous ont fait rire, accompagnées de la grace de l'action. Si vous auez la curiofité de la lire en original, & de voir fi i'ay bien

exactement fuiuy mon guide Efpagnol, vous la trouuerez
dans la feconde partie de celles de Calderon, qui l'a traitée
fous le mefme tiltre de *El Aftrologo Fingido*. Pour moy, ie me
ferois contenté du fuccez qu'elle a eu au Theatre, fans l'a-
bandonner à la Preffe, fi ie n'auois voulu détromper beaucoup de perfonnes qui en ont crû mon Frere l'Autheur, à
caufe de la conformité du nom qui m'eft commun auec
luy. Trouuez donc bon, MONSIEVR, que ie prenne icy
l'occafion de les tirer d'vne erreur, qui fait tort à fa reputation, & que ie les affeure que cette Piece, bien loin d'eftre
vn coup de maiftre, n'eft que le coup d'effay de

Voftre tres-humble feruiteur,
T. CORNEILLE.

ACTEVRS.

LEONARD Pere de Lucrece.
D. IVAN amant de Lucrece, & aymé de Leonor.
D. FERNAND.
D. LOPE amoureux de Leonor,
D. LOVIS amy de D. Fernand & de D. Lope.
LVCRECE maiftreffe de D. Iuan.
LEONOR amoureufe de D. Iuan & aymée de D. Lope.
BEATRIX feruante de Lucrece.
IACINTE fuiuante de Leonor.
MENDOCE vieux domeftique de Leonard.
PHILIPIN valet de D. Fernand.

La Scene eft à Madrid.

LE FEINT
ASTROLOGVE
COMEDIE.

ACTE I.

SCENE PREMIERE.

D. FERNAND, PHILIPIN.

D. FERNAND.

 *Ve ce que tu me dis m'embaraſſe l'eſprit !*
Eſt-il vray, Philipin ?

PHILIPIN.

Beatrix me l'a dit.

D. FERNAND:

Que Lucrece en effet....

A

LE FEINT

PHILIPIN.

Ouy, que voſtre Lucrece
N'auroit iamais pitié de l'ardeur qui vous preſſe,
Que vous faiſiez en vain de l'amoureux tranſy,
Et qu'elle auoit ſujet de vous traiter ainſi.

D. FERNAND.

Enfin de ſes mépris ie deuine la cauſe,
Sans doute elle ayme ailleurs.

PHILIPIN.

Ie croy la meſme choſe,
Au diſcours de tantoſt ie l'ay trop recognu;
Et ſi le bon vieillard ne fut point ſuruenu,
I'allois ſçauoir, Monſieur, tout au long le myſtere,
Eſtre fille ſuffit pour ne ſe pouuoir taire,
Puiſqu'il n'en fut iamais qui dans l'occaſion
Peuſt garder vn ſecret ſans indigeſtion.

D. FERNAND.

Si bien que Beatrix....

PHILIPIN.

Ceſſez d'eſtre en ceruelle,
J'en ſçauray tout, vous dis-ie, & ie vous répons d'elle;
Car ſoit pour me trouuer l'eſprit vn peu gaillard,
Soit pour me voir comme elle aſſez grand babillard,
I'ay le don de luy plaire, & ſur tout la methode

Dont nous traitons l'amour n'est pas fort incommode,
Elle n'engage à rien : Mais, Monsieur, franchement?
Ne vous lassez-vous point d'aymer si constamment?
Autrefois en tous lieux vous disiez, Ie vous ayme,
A peine vn demy-iour vous estiez à la mesme,
Et cependant Lucrece auec tous ses mépris
Vous tient depuis vn mois de ses beautez épris!
C'est estre bien changé.

D. FERNAND.

Philipin, ie confesse
Que ie romps ma coustume en faueur de Lucrece:
Mais écoute, c'est trop te laisser alarmé
De ce qu'vn mesme objet soit si long-temps aymé.
Si l'Amour m'engagea d'abord à son seruice,
Aujourd'huy cet amour n'est plus rien qu'vn caprice,
Son peu de complaisance à flatter mon espoir
Est l'vnique raison qui m'oblige à la voir;
Non pas que sa personne en effet me soit chere,
Mais parce que ie prends plaisir à luy déplaire,
Et me vanger sur elle, en la persecutant,
De la honte que i'ay qu'on m'estime constant.

PHILIPIN.

Quel tort ie vous faisois faute de bien l'entendre!
Ainsi donc les deuoirs que vous semblez luy rendre

LE FEINT

Ne font plus vn effet de voftre paßion?

D. FERNAND.

Ie la fers feulement par obftination,
Et fi quand ie luy dis le fecert de mon ame
Auec moins de rigueur elle euft traité ma flame,
Dans ma façon de viure & fuiuant mon humeur
Vne autre euft eu bien-toft le prefent de mon cœur:
Mais voir qu'à contre-temps on prenne vn front fe-
    uere,
Qu'vn foûpir, qu'vn regard faffe entrer en cholere,
C'eft lors que ie m'obftine à faire les yeux doux.

PHILIPIN.

Qu'il fait mauuais, Monfieur, auoir affaire à vous!
Quoy? quand de vous aymer on fe trouue incapable
On n'ofe l'aduoüer fans fe rendre coupable!
Ah, Lucrece a grand tort auec tous fes refus.
Mais quand pretendeZ-vous enfin n'y penfer plus?

D. FERNAND.

Lors que par ton adreffe & par ton entremife
Je cognoiftray celuy pour qui l'on me méprife.

PHILIPIN.

C'eft peut-eftre D. Iuan.

D. FERNAND.

D. Iuan?

PHILIPIN.

> Ouy, ce D. Iuan
Qui, comme vous fçauez, la fert depuis vn an.
Vous riez !

D. FERNAND.

> Le party feroit pour elle honnefte,
Et ne m'a point encor donné martel en tefte.

PHILIPIN.

Quoy que pauure, il peut plaire.

D. FERNAND.

> Ah, ne préfume pas
Que iamais tant d'orgueil jette les yeux fi bas.
Elle a le cœur trop haut pour fouffrir vn tel maiftre,
Et chacun fçait icy ce que D. Iuan peut eftre ;
Outre qu'il n'en receut iamais que des mépris.

PHILIPIN.

C'eft quelquefois par là que les plus fins font pris,
Ce peut eftre vne feinte.

D. FERNAND.

> Et la peux-tu comprendre ?
Il a quitté la ville & doit paffer en Flandre,
Et malgré tout cela tu veux qu'ils foient d'accord.

PHILIPIN.

On voit affez fouuent....

LE FEINT

D. FERNAND.

Tay-toy, Beatrix sort,
Tâche à t'en éclaircir, fay qu'elle se declare,
I'attends à ce détour l'heure qui t'en separe.

PHILIPIN.

Ie sçay quel est mon roole, & ie le joüeray bien.

SCENE II.

PHILIPIN, BEATRIX.

BEATRIX.

A Quoy donc penses-tu?

PHILIPIN.

Moy? ie ne pense à rien.

BEATRIX.

Resver en me voyant, en voyant ce qu'on ayme!

PHILIPIN.

Mon maistre n'ayme plus, ie n'ayme plus de mesme.

BEATRIX.

Tout de bon, Philipin?

PHILIPIN.

Tout de bon, Beatrix.

BEATRIX.

Tu veux m'abandonner, toy?

PHILIPIN.

Moy mesme.

BEATRIX.

Tu ris,

Et peut-estre demain....

PHILIPIN.

Cela va sans peut-estre,
Vn valet suit tousiours la fortune d'vn maistre :
Fay qu'on ayme le mien, & tu verras qu'apres,
S'il faut mourir pour toy, ie mourray tout exprés.

BEATRIX.

Ne me demande point vne chose impossible.

PHILIPIN.

Ta maistresse à l'amour est donc bien insensible?

BEATRIX.

Non pas tant, mais...

PHILIPIN.

Quoy, mais?

BEATRIX.

Mon pauure Philipin,

Tu m'auois tant promis....

PHILIPIN.

Venons au mais enfin,

Poursuy.

BEATRIX.

Que te diray-ie?

PHILIPIN.

A quel dessein Lucrece
Traite ainsi D. Fernand auec tant de rudesse,
Et si l'aymer encore est pour luy temps perdu.

BEATRIX.

Ie te le dirois bien, mais il m'est défendu:
Si pourtant tu jurois de garder le silence....

PHILIPIN.

Va, dy moy ton secret auec toute asseurance,
Je suis fort taciturne, & tel que tu me vois
Ie ne conte iamais qu'vne chose à la fois,
Auec peu de raison ta crainte me soupçonne.

BEATRIX.

Tu n'en diras donc mot?

PHILIPIN.

Mot du tout.

BEATRIX.

A personne?

PHILI-

PHILIPIN.

Non.

BEATRIX.

Tu me le promets?

PHILIPIN.

Eſt-ce fait?

BEATRIX.

Iure toſt.

PHILIPIN.

Ouy, foy de Philipin, juray-je comme il faut ?

BEATRIX.

Non pas meſme à ton maiſtre?

PHILIPIN.

Eſt-ce à deſſein de rire?
Dy le moy tout d'vn coup ſi tu me le veux dire,
Pourquoy tant de façons ? vois-tu, ſans te flatter
Si ie meurs pour l'oüyr, tu meurs pour le conter,
Tant de précaution eſt icy ridicule.

BEATRIX.

Tu ſçauras donc enfin....

PHILIPIN.

Parle ſans préambule.

BEATRIX.

Que ſi tu vois touſiours ton maiſtre mal-traité,
C'eſt parce que Lucrece....

PHILIPIN.

Ayme d'autre costé?

BEATRIX.

Tu deuines!

PHILIPIN.

Et bien? le nom du personnage?
Acheue.

BEATRIX.

Tu veux donc en sçauoir dauantage?

PHILIPIN.

Ah, d'vn homme d'honneur c'est trop se défier,
Tu le nommes?

BEATRIX.

D. Iuan.

PHILIPIN.

Ce pauure Caualier?

BEATRIX.

Luy-mesme, il est galand, noble, de bonne mine.

PHILIPIN.

Et la galanterie échauffe la cuisine!

BEATRIX.

Elle l'adore enfin.

PHILIPIN.

Ma foy, tu m'interdis.

Mais s'il en eſt aymé comme tu me le dis,
Pourquoy l'abandonner pour s'en aller en Flandre?

BEATRIX.

Chacun le croit icy comme il l'a fait entendre,
Mais dans vn tel voyage, à te parler ſans fard,
S'il eſtoit pris des Turcs nous courrions grand ha-
Zard.

PHILIPIN.

A ce conte, il eſt donc en pays d'aſſeurance?

BEATRIX.

Entre nous deux il l'eſt, & plus qu'on ne le penſe,
Dans Madrid.

PHILIPIN.

Dans Madrid!

BEATRIX.

Et n'en a point ſorty.

PHILIPIN.

Qui diable euſt iamais crû qu'il euſt ſi bien menty,
Et que pour mieux tromper tout autre que Lucrece,
Il euſt fait ſes Adieux auecque tant d'adreſſe!

BEATRIX.

Ainſi depuis huict iours que tu le crois abſent
Il voit de nuict Lucrece, & Lucrece y conſent.
Iuge que peut ton maiſtre eſperer de ſa flame.

B ij

PHILIPIN.

Mais ne craint-elle point qu'vn voisin la diffame?
Car enfin il en est qui pendant tout vn mois
Comme des loups garous ne dorment qu'vne fois.
Leur curieuse humeur tousiours les inquiete,
Et si dans le quartier il est quelque amourete,
Du soir iusqu'au matin ils demeurent au guet
Pour tenir bon papier de tout ce qui s'y fait.

BEATRIX.

Pour s'en mettre à couuert, l'accord est fait de sorte,
Qu'il va droit au jardin par vne fausse porte,
Ie la laisse entr'ouuerte, & là commodement
Lucrece l'entretient de son apartement,
Sa fenestre y respond.

PHILIPIN.

La partie est bien faite;
Mais quand il l'a quittée, où fait-il sa retraite?

BEATRIX.

Chez D. Lope, où de iour il garde la maison,
Sans que D. Lope mesme en sçache la raison,
Sous vn autre pretexte il le loge, & ie pense
Qu'ils ne m'auroient pas mis dedans leur confidence
S'ils auoient eu moyen de se passer de moy,
Mais Adieu, touche.

PHILIPIN.

Adieu.

BEATRIX.

Tu me promets ta foy,

Philipin?

PHILIPIN.

Quelle foy ?

BEATRIX.

Celle de Mariage.

PHILIPIN.

Va, ie te la promets quand nous ferons en aage.

SCENE III.

PHILIPIN.

C'Eſt donc là cet honneur qu'elle nous vantoit tant!
Ah combien en eſt-il de ce ſexe inconſtant,
Qui contrefont de iour vne vertu parfaite,
Et la laiſſent de nuiĉt dormir ſous leur toilete!
Donc l'amour à Lucrece a broüillé le cerueau!

Qu'vn secret à garder est vn pesant fardeau!
I'enrage pour le dire, & ie me persuade,
Pour peu que ie l'ay teü, que i'en seray malade.
Mais mon maistre reuient, voicy ma guerison.

SCENE IV.

D. FERNAND, PHILIPIN.

D. FERNAND.

ET bien? de ma disgrace as-tu sçeu la raison?
Lucrece a-t'elle ailleurs engagé sa franchise?
Est-ce hayne, est-ce orgüeil qui fait qu'on me mesprise?
Tu ne me répons rien, es-tu sourd, ou sans voix?
Pourquoy grincer les dents, & te serrer les doigts?
Parle, es-tu possedé?

PHILIPIN.

Monsieur, laissez-moy faire.

D. FERNAND.

Dy donc ce que tu fais.

PHILIPIN.

Ie tâche de me taire;

ASTROLOGVE.

On me l'a commandé, mais pour ne rien cacher,
Des-ja, loing d'obeyr, ie suis las de tâcher,
Oyez. Ce Caualier poly, galand, honneste,
Qui ne vous a iamais donné martel en teste,
Ce D. Iuan dont tantost ie vous auois parlé,
Qui fait croire par tout qu'en Flandre il est allé,
Par l'ordre de Lucrece, & sans qu'aucun le sçache,
En secret dans Madrid chez D. Lope se cache.

D. FERNAND.

Que dis-tu, par son ordre?

PHILIPIN.

Il en est adoré.

D. FERNAND.

Quoy; D. Iuan est icy?

PHILIPIN.

Rien n'est plus asseuré,
Il a feint ce depart pour vous donner la baye.

D. FERNAND.

Si faut-il toutefois qu'vn des deux me la paye.

PHILIPIN.

Et que resolvez vous?

D. FERNAND.

Le dessein en est pris,
Ie veux reuoir Lucrece.

LE FEINT

PHILIPIN.

Ah, pauure Beatrix!
Monſieur, vous parlerez, ſa fortune eſt perduë.

D. FERNAND.

Non, croy moy.

PHILIPIN.

Dequoy donc vous guerira ſa veuë?

D. FERNAND.

Ie veux me rire d'elle, & pour me vanger mieux
Luy jurer de nouueau que j'adore ſes yeux:
Si i'en ſuis mépriſé, du moins i'auray la joye
De la payer ſur l'heure en la meſme monnoye,
La railler doucement, & luy faire ſentir
Que ie n'ay fait l'amant que pour me diuertir.
Mais d'vn ſi rare amour acheue moy l'hiſtoire,
D. Iuan la voit de nuict à ce que ie puis croire?
Apres tout, ſon bonheur me rend vn peu jaloux.

PHILIPIN.

Suffit iuſqu'à tantoſt. D. Louys vient à vous.

D. FERNAND.

Laiſſe moy luy parler, & cours auec adreſſe
T'informer d'vn voiſin ſi ie puis voir Lucrece,
C'eſt à dire....

PHI-

PHILIPIN.

I'entens. Vous craignez le vieillard.

D. FERNAND.

Va donc.

SCENE V.

D. FERNAND, D. LOVYS.

D. LOVYS.

DE voftre joye, amy, faites moy part:
Vous me femblez tout gay. Pour moy, ie m'imagine
Que Lucrece à prefent vous fait meilleure mine,
Son cœur eft adoucy, ie le juge à vous voir.

D. FERNAND.

Au contraire, iamais ie n'eus fi peu d'efpoir,
Tout eft perdu pour moy quelque effort que ie faffe.

D. LOVYS.

Peut-on vous confoler d'vne telle difgrace?

D. FERNAND.

A vous dire le vray, ie la perds fans regret,

C

Et si vous estiez homme à garder vn secret....

D. LOVYS.

Vous n'en pouuez douter sans me faire vne injure.

D. FERNAND.

Sçachez donc en deux mots quelle est mon aduanture.
I'ay découuert pourquoy l'on m'a traité si mal;
Par ces mépris Lucrece obligeoit vn Riual,
Depuis vn an elle ayme, on me le vient d'apprendre,
Iugez si i'ay raison de n'y plus rien pretendre.

D. LOVYS.

Quoy, Lucrece aymeroit?....

D. FERNAND.

　　　　　C'est de quoy s'estonner,
Qu'on ait touché son cœur, qu'elle ait pû le donner,
Elle qui se parant d'vne vertu forcée
Du moindre mot d'amour se tenoit offencée.

D. LOVYS.

Mais de grace, quel est cet heureux qui luy plaist?

D. FERNAND.

Vous serez estonné quand vous sçaurez qui c'est.

D. Iuan.　　　### D. LOVYS.

　　　Vous me raillez, ou bien on vous abuse.

D. FERNAND.

Croyez qu'il est ainsi, son depart n'est que ruse,

Pour la voir sans soupçon il fait courir ce bruit,
Voyez le digne choix, & pour qui l'on me fuit,
Pour vn homme sans biens.

D. LOVYS.

Perdez cette croyance,
Ie cognoy trop Lucrece, & ie sçay d'asseurance
Que D. Iuan en secret brûle d'vn autre feu.

D. FERNAND.

Pour qui ?

D. LOVYS.

Pour Leonor.

D. FERNAND.

Vous la cognoissez ?

D. LOVYS.

Peu,
Et ie sçay seulement qu'elle est assez galante,
Qu'elle vit chez vn Oncle, & que D. Iuan la hante,
Ce peut estre en effet par obligation
Autant & plus encor que par affection,
Il doit à Leonor beaucoup plus qu'on ne pense,
Son plus intime amy m'en a fait confidence,
Et se tiendroit heureux que l'on vous eust dit vray.

D. FERNAND.

Mais c'est de Beatrix enfin que ie le sçay.

C ij

J'en puis parler sans doute, & ie me desespere
D'estre pour l'amour d'elle obligé de me taire:
Mais pour ne vous pas dire vn secret à demy,
Il se tient tout le iour caché chez vostre amy,
Chez D. Lope.

D. LOVYS.

　　Le Ciel à propos me l'enuoye,
Ie vay sçauoir de luy ce qu'il faut que i'en croye,
Il m'aduoüera le tout si ie ne suis deçeu.
Adieu, ie vous diray ce que i'en auray sçeu.

SCENE VI.

D. LOPE, D. LOVYS.

D. LOVYS.

ET quoy? tousiours resveur.

D. LOPE.

　　　　Et tousiours miserable.

D. LOVYS.

D. Lope, quel malheur de noůueau vous accable?

D. LOPE.

Pourquoy m'obligez-vous à vous redire encor
Que depuis si long-temps j'adore Leonor,
Et qu'vn amy l'aymant, ie suis dans la contrainte
De n'oser seulement me permettre la plainte?
Il n'est point de tourments qui puissent égaler
Celuy d'aymer beaucoup & n'oser en parler.

D LOVYS.

Un semblable respect en vain vous embarasse,
D. Iuan par son depart vous a cedé sa place,
L'occasion est belle, allez offrir vos vœux.

D. LOPE.

Je n'en suis pas, amy, de beaucoup plus heureux.

D. LOVYS.

De vray, mais entre nous, quelqu'vn me vient d'ap-
    prendre
Qu'il termine en Madrid son voyage de Flandre.

D. LOPE.

Qui peut vous l'auoir dit?

D. LOVYS.

                    Bien plus, il court vn bruit
Qu'il est caché chez vous, & ne sort que de nuict.
Sans faire le surpris aduoüez moy la debte.

D. LOPE.

J'auois creu iusqu'icy l'affaire fort secrette.

D. LOVYS.

Elle l'est en effet, & vous craignez en vain :
Mais que peut-il pretendre, & quel est son dessein?

D. LOPE.

Sans auoir penetré plus auant dans son ame
I'ay sçeu que cette feinte importoit à sa flame,
Et i'ose présumer à ce qu'il m'en a di.,
Qu'vn peu de jalousie embroüille son esprit,
Et que par ce faux bruit d'vne si longue absence
Il veut sçauoir au vray ce que Leonor pense,
Luy voir mettre pour luy ses sentiments au iour,
Et par son déplaisir iuger de son amour.

D. LOVYS.

Le bruit court toutefois qu'il adore Lucrece.

D. LOPE.

C'est d'vn peuple grossier l'ordinaire foiblesse,
Parce qu'il est galand, & voit cette beauté,
Quoy qu'il en soit tousiours assez mal écouté,
On veut croire son cœur esclaue de ses charmes,
Et mesme Leonor en a versé des larmes ;
Mais il a sçeu tousiours s'en défendre si bien,
Qu'elle a trop recognu qu'il n'en fut iamais rien.

D. LOVYS.

Est-elle encor la mesme?

D. LOPE.

Ouy, tousiours trop fidelle.
C'est peu qu'il soit party sans prendre congé d'elle,
Elle-mesme auec soing cherche à l'en excuser,
Et m'oste chaque iour tout lieu de rien oser.
Cependant, & c'est là que ma peine est extresme,
Ie luy rends des deuoirs pour luy contre moy-mesme,
Ie la vois pour luy plaire, & pour l'entretenir
D'vn feu qui n'est que trop dedans son souuenir,
Au seul nom de D. Iuan elle mesme rauie,
Pour en parler souuent, à la voir me conuie;
Et moy sans perdre espoir i'en attends le succez,
Ce m'est tousiours beaucoup d'auoir chez elle accez,
Et peut-estre qu'vn iour si par quelque caprice
Le Sort pour les broüiller vse de sa malice,
Elle se souuiendra que l'on voit rarement
Que qui fut bon amy soit infidelle Amant.

D. LOVYS.

Ie le souhaite ainsi, mais Adieu, ie vous quitte,
C'est trop vous empescher de luy rendre visite.

SCENE VII.

D. LOPE.

EN quel fascheux estat me trouuay-ie reduit!
  Tout le soin que ie prens m'est contraire & me
    nuit,
O cruauté du Ciel qui n'eut iamais d'exemple!
Mais ne la voy-ie point qui viént icý du Temple?
C'est elle, Amour, cessons de craindre son couroux,
Parlant pour vn amy, parlons vn peu pour nous,
Et s'il faut succomber sous le sort qui nous braüe,
Qu'elle apprenne du moins qu'elle a plus d'vn esclaue.

SCENE

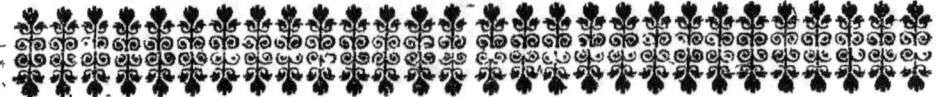

SCENE VIII.

D. LOPE, LEONOR, IACINTE.

LEONOR.

C'Eſt vn bonheur pour moy de vous auoir trouué.
D. Iuan à Sarragoce enfin eſt arriué,
Et du moins vne lettre appaiſe ma cholere?

D. LOPE.

Madame, i'en attends tantoſt par l'Ordinaire.

LEONOR.

Si ie m'en plains, D. Lope, au moins i'en ay bien lieu.
M'auoir ainſi quittée, & ſans me dire Adieu!

D. LOPE.

Daignez, iuger par là de l'excez de ſa flame,
L'euſt-il pû prononcer, & ne pas rendre l'ame,
Voir vn ſi grand merite & des charmes ſi doux,
Et dire ſans mourir, Ie prens congé de vous?

LEONOR.

D. Lope, en ſa faueur i'ayme que l'on m'abuſe,
Auſſi bien mon amour fait aſſez ſon excuſe,

D

Mais par quelque motif qu'il ait pû s'éloigner,
S'il m'aymoit, il a sçeu fort mal le témoigner.

D. LOPE.

Ie ne l'excuse point, Madame, il est coulpable,
Ie sçay de quels bienfaits il vous est redeuable,
Qu'à pleines-mains sur luy vous les auez versez,
Que tousiours....

LEONOR.

Brisons-là, D. Lope, c'est assez,
Vn bienfait perd sa grace alors qu'on le publie,
Qui peut s'en souuenir merite qu'on l'oublie,
Et pour moy, si ie l'ose aduoüer aujourd'huy,
Ie m'obligeois moy-mesme en m'employant pour luy,
Ie rendois seulement justice à son merite ;
Je veux bien toutefois ne le pas tenir quitte,
En juger comme vous auec plus de rigueur,
Mais s'il m'est obligé, c'est du don de mon cœur,
Et c'est de ce don seul qu'il faut qu'il se souuienne,
Si son affection est égale à la mienne.

D. LOPE.

C'est de ce don aussi qu'il fait le plus d'estat,
Et pour n'en estre pas entierement ingrat,
Dans la necessité de quitter ce qu'il ayme
Il tâche à vous laisser la moitié de soy-mesme,

Il vous laiſſe en partant D. Lope auprés de vous,
Et comme l'amitié ne fait plus qu'vn de nous,
Si ſon éloignement vous tient lieu de diſgrace
Ie feray mon poſſible à bien remplir ſa place,
Des ſoûpirs continus vous peindront ſes ennuys,
Pour mieux eſtre D. Iuan, i'oublieray qui ie ſuis,
Le beau feu qui l'anime échauffera mon ame,
Et par le doux effort de cette viue flame....

LEONOR.

Il me ſuffit, ie crains que ſous cette couleur
Vous ne parliez enfin auec trop de chaleur,
Pour n'oüyr rien de plus, Adieu, ie me retire,
L'amitié vous ſurprend & vous en fait trop dire,
D. Lope, vne autre fois ſoyez plus moderé.

D. LOPE.

Suiuons le triſte Sort qui nous eſt preparé.

FIN DV PREMIER ACTE.

D ij

ACTE II

SCENE PREMIERE.

LVCRECE, BEATRIX.

BEATRIX.

ADAME, *de nouueau ie jure de me taire,*
Mais encore apres tout que pretendez-vous
faire?

LVCRECE.

Que te puis-ie répondre, & que demandes-tu?
De cent soucys diuers mon cœur est combatu,
En l'estat où ie suis moy-mesme ie l'ignore.

BEATRIX.

Mais vous aymez D. Iuan?

LVCRECE.

Dy plus, que ie l'adore.

BEATRIX.

Voir en vous vn amour & si prompt & si grand,
Madame, à dire vray, c'est ce qui me surprend;
D. Iuan plus de cent j . . vous a fait voir sa peine
Sans meriter de vous que mépris & que hayne,
Ce n'estoient que froideurs, ce n'estoient que refus,
Cependant en huict iours vostre cœur n'en peut plus!

LVCRECE.

Ah, si pour moy D. Iuan depuis vn an souspire,
Que n'ay-ie point souffert sans oser t'en rien dire!
Car pourquoy plus tenir ce secret enfermé?
Dés l'instant qu'il me vit, s'il m'ayma, ie l'aymay,
Mais jugeant que mon pere en ayant cognoissance,
Pour vn homme sans biens auroit peu d'indulgence,
I'accusay fort long-temps mes yeux de trahison,
Cent fois à mon secours i'appellay ma raison.
Helas, combien en vain me suis-ie défenduë
Auant qu'aymer en luy la vertu toute nuë !
Quels efforts n'ay-ie faits, iusqu'à forcer mon cœur
D'affecter des mépris & s'armer de rigueur !
Peut-on plus mal-traiter iamais ce que l'on ayme?
Tu l'as veu, tu le sçais, & que D. Iuan luy-mesme
Lassé de voir son feu recompensé si mal
Fit dessein de quitter vn seiour si fatal,

Et qu'ennuyé d'aymer sans voir rien à pretendre,
Il prit congé de moy pour s'en aller en Flandre.
Ce fut lors que ce cœur n'osant se démentir
Fit ses derniers efforts pour le laisser partir,
Mais il n'estoit plus temps de s'armer de courage,
D. Iuan par sa presence auoit trop d'auantage,
Et dans vn tel rencontre en sçeut vser si bien....
Mais à quoy m'arrester, tu vis nostre entretien,
Et que son bon Destin pour brauer mes caprices,
Me fit en ce moment accepter ses seruices,
Et malgré mon orgueil conclure enfin ce point
Qu'il feindroit de partir, & ne partiroit point.

BEATRIX.

Vous auez merité sans doute d'estre plainte ;
Mais que peut à tous deux importer cette feinte ?

LVCRECE.

Ce pretendu voyage auoit trop éclaté
Pour l'oser ainsi rompre auec legereté,
A force d'en chercher la veritable cause
Peut-estre en eut-on pû deuiner quelque chose,
Quitte ainsi pour vn temps à se cacher de iour,
Et sous quelque couleur feindre apres son retour.
Mais voicy D. Fernand. O la veuë importune !

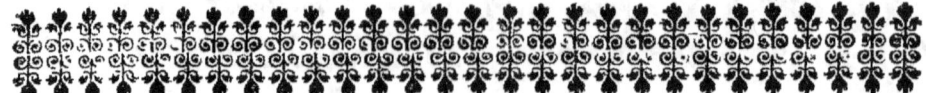

SCENE II.

D. FERNAND, LVCRECE, BEATRIX, PHILIPIN.

D. FERNAND.

I'Accuse auec raison ma mauuaise fortune,
On ne vous sçauroit voir! tousiours seule chez vous!
De vous mesme à la fin ie deuiendray jaloux.

LVCRECE.

Là retraite me plaist, & chez moy solitaire
Du moins ie ne voy rien qui me puisse déplaire.
Qui vous porte à troubler le repos où ie suis?

D. FERNAND.

Vous n'aurez donc iamais pitié de mes ennuys?

LVCRECE.

Plaignez-vous-en ailleurs, pour moy ie les ignore.

D. FERNAND.   LVCRECE.

L'Amour....
Ne parlez point d'vn Tyran que j'abhorre.

D. FERNAND.

Mais vn amant qui souffre...

LVCRECE.

Oſtez ce nom d'amant,
Il me choque, il me bleſſe.

D. FERNAND.

Ah, c'eſt injuſtement,
Puiſqu'auec moins d'appas le Ciel vous euſt formée,
S'il n'auoit pas voulu que vous fuſſiez aymée.

LVCRECE.

Ne finirez-vous point cet importun diſcours?

D. FERNAND.

Voulez-vous eſtre aymable & cruelle touſiours?
Que i'ay de paſſion pour de ſi grands merites!

LVCRECE.

Que i'ay d'auerſion pour ce que vous me dites!

D. FERNAND.

Que i'ayme ces beaux yeux! qu'ils ont d'attraits pour
moy!

LVCRECE.

Que ie hay le Soleil qui fait que ie vous voy!

D. FERNAND.

Ouy la Lune en effet vous eſt plus fauorable,
Et vous fait voir ſans doute vn objet plus aymable.

LVCRECE.

LVCRECE.

Que me voulez-vous dire?

D. FERNAND.

Ah, de grace, il suffit,
A qui m'entend assez ie n'en ay que trop dit.

LVCRECE.

Par ce discours obscur vous voulez qu'on vous craigne.

D. FERNAND.

Ie pourray l'éclaircir s'il faut qu'on m'y contraigne.

LVCRECE.

Ie me retire donc apres vn tel aduis,
Vous estes en cholere, & ie crains de voir pis.

D. FERNAND l'arrestant.

Sans oüyr mes raisons?

LVCRECE.

Ie ne puis les entendre.

D. FERNAND.

Malgré vous toutefois ie vous les veux apprendre.
C'est vn procez d'amour où i'ay quelque interest,
Je vous en fais le Iuge, & j'attends vostre Arrest;
Mais ayant à loisir écouté ma partie,
Et peut-estre du fait estant mal aduertie,
J'ose vous demander audience à mon tour,
Puisqu'il l'a bien de nuict, ie puis l'auoir de iour.

E

Ie ne dis pas pourtant que de la mesme sorte
On me fasse couler par vne fausse porte,
Qu'on la laisse le soir entr'ouuerte, & qu'enfin
Tout bas par la fenestre on me parle au jardin,
Que Beatrix au guet rompe toute surprise,
Qu'vn galand quoy qu'absent vienne à l'heure promise,
Qu'vn voyage à dessein soit long-temps publié.

PHILIPIN bas.

Il a bonne memoire, il n'a rien oublié;
Au diable soit le maistre auecque sa harangue.
Où me suis-ie adressé pour joüer de la langue?

LVCRECE.

Est-il vray, l'ay-ie oüy?

PHILIPIN à D. Fernand.

Monsieur, qu'auez-vous fait?

D. FERNAND à Philipin.

D'vn injuste mépris tu vois le iuste effet.

LVCRECE.

Qu'on m'ait ainsi trahie! helas, ie suis perduë.
Ah, Beatrix.　　### BEATRIX.

Croyez.....

LVCRECE.

Tay-toy, tu m'as venduë.
Malheur à qui se fie à de pareils esprits.

ASTROLOGVE.

PHILIPIN à D. Fernand.

Voyez, on va chaſſer la pauure Beatrix.

BEATRIX à Lucrece.

Pleuſt au Ciel que vous-meſme auec voſtre cholere
N'euſſiez pas aduoüé ce que i'auois ſçeu taire,
Et que par ce reproche....

LVCRECE.

Encore vn coup, tay-toy.

PHILIPIN à D. Fernand.

Ie puis auoir bon dos, tout va tomber ſur moy.

D. FERNAND à Philipin.

Que veux-tu, c'en eſt fait, mais pour moy, pour toy-meſ-
Tache à remedier à ce deſordre extreſme,   (me,
Tu n'es que trop adroit pour en venir à bout,
Inuente, fourbe, ments, iure, i'aduoüeray tout.

LVCRECE à Beatrix.

C'eſt vn point reſolu, n'en dy pas dauantage.

BEATRIX à Lucrece.

Et bien, vous le voulez, il faut plier bagage,
Mais ie puiſſe à vos yeux ſi i'ay parlé de rien...

LVCRECE.

Ah, l'innocence meſme! ô la fille de bien!

PHILIPIN à D. Fernand.

Monſieur, i'ay grande peine à bien mentir pour l'heure,

E ij

Celle-cy paſſera faute d'vne meilleure.

D. FERNAND.

Bonne ou mauuaiſe enfin, parle, ie t'ayderay.

PHILIPIN tout haut.

à D. Fern. *Deuſſiez-vous me chaſſer, Monſieur, ie le diray.*

à Lucrece. *Madame, eſcoutez-moy, que ce couroux s'appaiſe.*

à D. Fern. *Vous me faites en vain ſigne que ie me taiſe.*

à Lucrece. *Iamais de voſtre amour Beatrix n'a parlé,*
Et le Ciel, oüy, le Ciel luy ſeul l'a reuelé.

LVCRECE.

Que dit cet importun?

PHILIPIN.

   Vous en doutez peut-eſtre?
Mais ſçachez en deux mots que D. Fernand mon
  maiſtre,
Celuy qu'icy preſent vous voyez interdit,
Pour l'eſprit qu'il poſſede a le corps trop petit.
Dedans l'Aſtrologie il n'a point ſon ſemblable,
Enfin c'eſt vn prodige, ou pluſtoſt vn vray diable,
Rien pour luy n'eſt ſecret, & ſans de grands efforts,
Ie penſe qu'il feroit meſme parler les morts.

BEATRIX.

Ton maiſtre eſt Aſtrologue!

PHILIPIN. *Aſtrologogiſſime.*

D. FERNAND.

Sa fourbe va bien-tost me mettre en bonne estime.
Quoy, maraut....

PHILIPIN.

Ouy, Monsieur.

BEATRIX.

Pleût à Dieu qu'on le crût.

PHILIPIN.

Vous estes Astrologue, ou iamais il n'en fut.
Ie sçay qu'en l'aduoüant ie perds tous mes seruices,
Mais i'ayme Beatrix Reyne des Beatrices,
De tout soupçon icy i'ay deu la dégager.
Depuis plus de huict iours il me fait enrager,   à Lucrece.
Il contemple le Ciel mesme aux nuicts plus obscures,
Il fueillette vn grand liure, & fait mille figures,
C'est sans doute par là qu'il a sçeu vos amours.

D. FERNAND.

Donc, jaseur insolent, tu causeras toûjours!
T'a-t'on icy gagé pour conter vne fable?

PHILIPIN.

Ie n'ay rien dit, Monsieur, qui ne soit veritable.
Ne me fistes-vous pas encore hier au soir
Remarquer vn jardin dedans vn grand miroir,
Et quelque temps apres n'y vis-je pas paroistre

LE FEINT

Vn homme qu'attendoit Madame à sa fenestre?

Lucrece. Je ne le pûs entendre alors qu'il vous parla,
Mais parmy plus de cent ie dirois, Le voilà,
Tant ie me remets bien son air & son visage.

D. FERNAND à Lucrece.

Il me perdra d'honneur s'il en dit dauantage,
Et bien-tost à l'oüyr vous me croirez Sorcier:
Mais puisque ie voudrois en vain vous le nier,
Madame, j'aduoüeray qu'en mon voyage en France
Du grand Nostradamus j'acquis la cognoissance,
Auec tant de bonheur qu'il m'enseigna son Art,
Et n'eut point de secrets dont il ne me fit part.
Ce fut donc à hanter ce rare & grand Genie
Qu'en assez peu de temps j'appris l'Astrologie:
Mais pour oser icy m'en seruir librement
Ie cognoy trop le peuple & son dereglement,
Il hait cette science, & croit que qui l'exerce
Doit auec les démons auoir quelque commerce;
Ainsi craignant sa langue & d'en faire l'essay,
J'ay tousiours auec soing caché ce que ie sçay,
Tant que las de souffrir vostre rigueur extresme,
J'en ay voulu sçauoir la cause de moy-mesme,
J'ay consulté le Ciel, & l'ay trouuée enfin,
J'ay trouué la fenestre auecque le jardin,

Du trop heureux D. Iuan i'ay fçeu la feinte abfence,
Mais n'apprehendeZ rien de cette cognoiffance,
Mon intereft m'oblige icy d'eftre difcret,
Noftre fort eft pareil, c'eft fecret pour fecret,
On vous a dit le mien, i'ay découuert le voftre,
AffeureZ-moy de l'vn, ie vous répons de l'autre.

BEATRIX.

O l'habile homme!

PHILIPIN à Lucrece.

Et bien, vous auois-ie menty?

BEATRIX.

La verité, Madame, enfin prend mon party.
Pour moy i'auois bien fçeu par vn confus murmure
Qu'il fe mefloit vn peu de la Bonne-aduanture;
Mais ie vous ay venduë, il a tout fçeu de moy.

LVCRECE.

J'auois affez de peine à foupçonner ta foy,
Mais enfin, Beatrix, fans fon Aftrologie
Euft-il rien pù fçauoir à moins qu'on m'euft trahie?

D. FERNAND à Philipin.

Tout va bien, Philipin, la fourbe a reüßi.

PHILIPIN à D. Fernand.

La bonne Dame en tient, & n'eft pas fans foucy,
Vous verrez fon orgueil reduit à la priere.

LVCRECE.

Genereux D. Fernand, esprit plein de lumiere,
D'vn amant dédaigné ie craindrois le couroux
S'il falloit faire excuse à tout autre qu'à vous,
Mais dans le haut degré de science où vous estes
Vous cognoissez du Ciel les pratiques secrettes,
Et qu'agissant en nous d'vn pouuoir absolu
On ne sçauroit changer ce qu'il a resolu.

BEATRIX.

Madame, brisez-là, i'apperçois vostre Pere.

D. FERNAND.

Ah, que cette rencontre estoit peu necessaire!

SCENE III.

LEONARD, D. FERNAND, LVCRECE, BEATRIX, PHILIPIN.

LEONARD.

Qvelle affaire auez-vous auec ce Caualier?

LVCRECE.

LVCRECE.

C'eſt curioſité, ie ne le puis nier,
Depuis deux ou trois iours i'ay ſçeu par vne amie
Qu'il eſtoit fort expert dedans l'Aſtrologie,
Et ie le conſultois pour ſçauoir au certain
A quel eſpoux le Ciel a deſtiné ma main.

D. FERNAND à Philipin.

Elle veut eſprouuer ſi ma ſcience eſt vraye.

LEONARD.

Souuent vn Aſtrologue en menſonges nous paye,
Et l'effet rarement confirme ſon raport,
Mais que vous a-t'il dit qui vous trouble ſi fort ?

D. FERNAND.

Ie luy parlois, Monſieur, de certaine diſgrace,
Dont ie voy clairement que le Ciel la menace,
Elle s'en fâche vn peu, comme vous pouuez voir.

LEONARD.

Mais en ſi peu de temps qu'auez-vous pû ſçauoir ?

D. FERNAND.

Que l'époux trop heureux que le Ciel luy deſtine
Eſt pauure, & pour tout bien n'a que ſa bonne mine.

LEONARD.

Il ne faut pas ainſi craindre legerement,
Ma fille.

D. Louys
paroiſt, à
qui Phi-
lipin va
conter à
l'oreille
l'aduan-
ture de
ſon mai-
ſtre, & ils
ſe tiennét
eſloignez
de dix pas
à écouter
Leonard
& D. Fer-
nand.

F

BEATRIX bas.

De quel front le bon Caualier ment!

LVCRECE.

Cette prédiction me met beaucoup en peine.

LEONARD.

Ne vous alarmez point, ie la puis rendre vaine.

LVCRECE.

Toutefois D. Fernand qui me prédit ce point
Est vn grand Astrologue, & ne se trompe point,
Bien d'autres en ma place auroient inquietude.

LEONARD.

Certes, l'Astrologie est vne grande estude,
Bien digne d'occuper vn esprit curieux,
Et noble d'autant plus qu'elle s'attache aux Cieux.
Si vous la possedez dans le degré supréme
Peu sçauent les moyens d'y reüssir de mesme,
La speculation n'est pas bonne pour tous.
Quoy qu'il en soit enfin, Monsieur, ie suis à vous.
J'eus tousiours grande ardeur pour ceux dont la science
Releue le bon sang qu'ils ont de leur naissance,
Et s'il faut librement vous en faire l'adueu,
Dans mon ieune âge aussi ie m'en meslois vn peu,
Mais differents soucys, l'embarras des affaires
M'ont fait prendre depuis des soings plus necessaires.

ASTROLOGVE. 43

Dites-moy cependant. Auriez-vous pour suspect
Saturne regardant Venus d'vn trine aspect,
Et peut-on iustement tirer vn bon augure
De la conjonction d'Hecate auec Mercure?

D. FERNAND bas.

Il parle Hebreu pour moy, ie suis pris, c'en est fait.

PHILIPIN à D. Louys.

Il auroit besoin d'estre Astrologue en effet.

D. FERNAND bas.

N'importe, efforçons-nous, & payons d'impudence.
Pour vous dire en deux mots, Môsieur, ce que i'en pense,
Venus aux amoureux promet beaucoup de biens,
Et Saturne peut tout sur les Saturniens:
Mais la triplicité de cette conjonéture
Ainsi que l'vnion d'Hecate auec Mercure
Combinant leurs aspects, ou les retrogradant
Sur l'horizon fatal d'vn bizarre ascendant,
Pourroit paralaxer sur vn cerueau si tendre....

LEONARD.

Ce discours est si haut que i'ay peine à l'entendre,
De grace, en ma faueur pour esclaircissement
Expliquez-vous vn peu plus populairement.

D. FERNAND.

Ce sont termes de l'Art.

F ij

LEONARD.

Pardonnez à mon aage
Qui n'en conserue plus qu'vne confuse image,
Ces termes en mon temps n'estoient pas fort connus,
Mais la science augmente, & ce temps-là n'est plus.

D. FERNAND.

Tout s'y voit si changé depuis quelques années,
Qu'en autre caractere on lit les destinées,
Mesme Nostradamus mon maistre en ce grand Art
Auoit & son langage & ses regles à part,
C'est pourquoy le discours où mon esprit s'applique,
Tient vn peu de l'obscur & de l'enigmatique,
Ie dois suiure ses pas comme son escolier.

LEONARD.

Mais si vous vouliez estre vn peu plus familier?

SCENE IV.

LEONARD, D. FERNAND, D. LOVYS, LVCRECE, BEATRIX, MENDOCE, PHILIPIN.

MENDOCE à Leonard.

Mon*sieur.*

Il luy parle
à l'oreille.

LEONARD.

Que me veux-tu?

PHILIPIN à D. Fernand.

Vostre esprit s'éuertuë

Monsieur, c'est tout de bon.

D. FERNAND.

Tu vois comme i'en suë.

PHILIPIN.

Le galimathias ira-t'il encor loin?

D. FERNAND.

Philipin, vn amy se cognoist au besoin.

Fay-moy quelque meſſage, & par vn tour d'adreſſe
Dans vn pas ſi mauuais....

LEONARD à D. Fernand.

C'eſt affaire qui preſſe,

Monſieur, excuſez-moy, ie vous quitte à regret,
Et bruſlois de ſçauoir ce langage ſecret,
Mais nous nous reuerrons touchant cette ſcience,
Et nous pourrons enſemble en faire experience.
Adieu.

SCENE V.

D. FERNAND, D. LOVYS, PHILIPIN.

D. FERNAND à Philipin.

Sans ton ſecours le peril eſt paſſé.
à D. Louys. Que tout à l'heure, amy, i'eſtois embaraſſé!
Mon aduanture eſt rare & digne qu'on l'admire.

D. LOVYS.

Sçachez que Philipin m'en a deſia fait rire,

Et qu'à dix pas d'icy nous escoutions comment
Le vieillard vous parloit Astrologiquement.

D. FERNAND.

I'ay respondu de mesme & l'ay fait perdre terre.

D. LOVYS.

Mais vous ne l'auez pas vaincu de bonne guerre,
Il vous entendoit mal.

D. FERNAND.

       Ie m'entendois bien moins.

D. LOVYS.

Pour vous mieux expliquer, vous prendrez quelques
   soings,
Et sur ces mots nouueaux vous luy rendrez visite?

D. FERNAND.

Par celle d'aujourd'huy i'en pretends estre quitte.

D. LOVYS.

Mais vn grand Astrologue, ou pour tel aduoüé...

D. FERNAND.

Il cognoistra bien-tost que ie l'auray joüé.
Les belles questions cependant qu'il m'a faites
A moy qui ne cognois ny Signes ny Planettes!

D. LOVYS.

Ouy, mais en recompense vn discours si hardy
S'il ne l'a terrassé l'a si bien étourdy,

Que i'oferois gager qu'en ce qui vous regarde
Vous le pourrez long-temps mettre encor hors de garde.
De grace acheuez donc, jouez-le iufqu'au bout,
Faites la piece entiere, il admirera tout;
Il vous feroit honteux qu'elle fuft imparfaite,
De voftre haut fçauoir ie feray le trompette,
I'en vay femer le bruit, & s'il apprend d'ailleurs
Que vous ayez de l'Art les fecrets les meilleurs,
Si ce bruit furprenant de vos fauffes merueilles
Par la ville efpandu vient fraper fes oreilles,
Comme il en a defia l'efprit préoccupé,
Iamais plus galamment homme ne fut dupé.

D. FERNAND.

Non, mais ce paffe-temps vn peu trop me hazarde,
Au peril qui le fuit vous ne prenez pas garde,
Et que c'eft engager ma gloire & mon repos.

D. LOVYS.

Auffi nous cognoiftrons combien il eft de fots,
Et quand mefme on fçaura que ce foit raillerie,
Le tout ne paffera que pour galanterie.

D. FERNAND.

Mais quelque bon fuccez que i'en puiffe efperer
Ce plaifir apres tout ne peut long-temps durer;
Car fi publiquement ce bruit par tout fe coule,

On

On viendra chaque iour me consulter en foule,
Mes responces bien-tost m'acquerront grand renom.

PHILIPIN.

Qu'importe? vous direz, tantost ouy, tantost non,
Vous aurez quelque esgard à l'âge, à la personne,
Et du reste, Monsieur, Dieu la leur donne bonne,
Iamais vn Astrologue est-il garand de rien?

D. LOVYS.

Le hazard fait souuent prophetiser fort bien,
Vous deuez seulement mettre beaucoup d'estude
A ne rien affirmer auecque certitude,
Du present, du passé discourir rarement,
Tousiours de l'aduenir parler obscurement,
Examiner la chose, en peser l'importance.
Mais i'apperçoy de loing D. Lope qui s'aduance,
Laissez moy, c'est par luy que ie veux commencer.

D. FERNAND.

Ie m'abandonne à vous.

G

SCENE VI.

D·LOVYS, D·LOPE.

D. LOVYS feignant de ne point voir
D. Lope.

Qvi l'auroit pû penſer?
O ſurprenant prodige! incroyable merueille!
N'eſt-ce point quelque ſonge, eſt-il vray que ie veille?

D. LOPE.

Qu'auez-vous, D. Louys?

D. LOVYS.

A peine en ſçay-ie rien,
Et ie doute aujourd'huy ſi ie me cognois bien.
Effets miraculeux!

D. LOPE.

Ne puis-ie les apprendre?

D. LOVYS.

Ie crains....

D. LOPE.

Nous ſommes ſeuls, on ne peut vous entendre.

D. LOVYS.

Mais il faut du secret.

D. LOPE.

Fiez-vous sur ma foy.

D. LOVYS.

Sçachez que D. Fernand vient de s'ouurir à moy.

D. LOPE.

Et bien?

D. LOVYS.

Et qu'il a fait en suite en ma presence
Des choses que j'aduouë estre hors de croyance,
I'ay peine à m'en remettre.

D. LOPE.

Acheuez, qu'a-t'il fait?

D. LOVYS.

Ie ne cognus iamais vn esprit si parfait.
Dans vn degré si haut il sçait l'Astrologie
Que ie l'accuserois volontiers de magie.
Il a sçeu de ma vie, & presque en vn moment,
Ce qu'on n'en peut sçauoir que par enchantement;
Et cela, de ma main tirant des conjectures,
Et puis sur du papier traçant quelques figures.
Qui croiroit à le voir si galand....

D. LOPE. N'est-ce pas

G ij

LE FEINT

Cet esprit enjoüé, D. Fernand Centellas,
Dont on prise à l'enuy les graces nompareilles?

D. LOVYS.

Ouy, c'est luy dont ie parle, & qui fait ces merueilles.
Certes il faut qu'il aye vn secret incognu.

D. LOPE

Je croy deux ou trois fois l'auoir entretenu,
Mais ie remarquois bien, non qu'il eust cognoissance
De cette merueilleuse & diuine science,
Mais du moins qu'il estoit homme de grand esprit.

D. LOVYS.

Vous serez donc encor beaucoup plus interdit
Si vous m'accompagnez vn iour chez ce rare homme
Qu'il me doit faire voir vne Dame de Rome,
Qui pendant que i'y fus me voulut quelque bien.

D. LOPE.

Se peut-il qu'en effet....

D. LOVYS.

Ce n'est encor là rien;
Car pour vous dire au vray toute mon aduanture,
Il a fait deuant moy parler vne peinture,
C'est ce qui me confond au point que vous voyez.

D. LOPE.

Vous croiray-ie, est-il vray?

D. LOVYS.

Si vous ne me croyez,
Vous auez de bons yeux, & les croirez peut-eftre.

D. LOPE.

Ie vous en prie, amy, faites-le moy cognoiftre,
Sans doute il m'apprendra fi D. Iuan eft jaloux,
Et par quelle raifon....

D. LOVYS.

J'ay fçeu cela pour vous,
Il trompe Leonor, & voit de nuict Lucrece.

D. LOPE.

Pour certain?

D. LOVYS.

Pour certain.

D. LOPE.

O Ciel, que d'allegreffe!

D. LOVYS.

Adieu, mais prenez garde à ne parler de rien,
On pourroit l'accufer d'eftre Magicien.
En voicy du moins vn defia dedans le piege.

❦❦❦❦❦❦❦❦❦❦❦❦❦❦❦❦❦❦❦❦❦❦❦❦❦❦❦❦

SCENE VII.

D. LOPE.

EN quel eſtonnement auiourd'huy me trouuay-ie?
A peine puis-ie encor raſſembler mes eſprits
Tant mes ſens ſont enſemble & confus & ſurpris.
D. Fernand Aſtrologue, & D. Iuan infidelle:
Ie te rends grace, Amour, l'occaſion eſt belle.
I'imagine vn moyen qui peut me rendre heureux,
Et D. Fernand l'inſpire à mon cœur amoureux.
Allons voir Leonor, vantons-luy ſa ſcience,
Et de D. Iuan en ſuite examinant l'abſence
Faiſons naiſtre en ſon cœur le deſir de le voir
Par l'effet merueilleux de ſon diuin pouuoir.
Que ſi pour s'y reſoudre elle eſt aſſez hardie,
Elle apprendra de luy toute ſa perfidie,
Verra que c'eſt vn fourbe, & qu'il eſt à Madrid,
Et lors, que ne peut point la honte & le dépit?
Ouy, de ſa folle erreur eſtant deſabuſée,

Son cœur sera sans doute vne conqueste aisée,
Et ie puis esperer, si ie prends bien mon temps,
De voir dans peu de iours tous mes desirs contents.
Ne differons donc plus, & sans perdre courage
Allons quoy qu'il en soit commencer cet ouurage.

FIN DV SECOND ACTE.

ACTE III.

SCENE PREMIERE.

D. FERNAND, D. LOVYS, PHILIPIN.

D. LOVYS.

STROLOGVE excellent, miraculeux esprit,
Vous faites aujourd'huy l'entretien de Madrid,
Comme il ne fut iamais de fourbe mieux conceuë,
Iamais auec plus d'heur fourbe ne fut receuë,
Chacun également en est persuadé,
Auec respect desia vous estes regardé,
Et si quelque incident ne vient troubler la feste,
Vous passerez bien-tost pour vn nouueau Prophete.

D.FER-

D. FERNAND.

Aussi pour confirmer ce que l'on croit de moy,
Ie ne perds point de temps.

PHILIPIN donnant deux liures à D. Loüys.

Ces liures en font foy,

Voyez.

D. LOVYS ouurant les deux liures.

Vn Almanach, vn traité de la Sphere.

PHILIPIN.

Il en disputeroit s'il estoit necessaire,
Vous ne vistes iamais Astrologue pareil.

D. LOVYS.

Vous cognoissez du moins les maisons du Soleil?

D. FERNAND.

Ie cognois mesme encor le Zenith, l'Ecliptique,
Le Tropique du Cancre, & le Pole Antarctique,
Ces termes de Iupin s'opposant à Venus,
Grace à mon Almanach, ne m'épouuantent plus,
Et mesme en vn besoin par quelque préambule
Ie broüillerois l'esprit d'vne femme credule.
Ie n'ay fait toutefois dans ce commencement
Qu'vn effort de memoire, & non de iugement,
Il me faut fuyr encor le pere de Lucrece.
Auez-vous cependant poussé bien loing la piece?

H

D. LOVYS.

Assez loing, & peut-estre en rirez-vous vn peu.
   J'ay sçeu trouuer d'abord vne maison de jeu,
Où i'ay tout debité dans vne troupe amie
De ceux qu'on nomme là piliers d'Academie,
De ces presteurs à poste, & comme tout le iour
Attendant la rencontre ils tiennent là leur cour,
Vous sçauez que de tout curieux ils s'informent,
Que sur chaque nouuelle ils taillent, ils reforment;
Jugez si ie pouuois m'estre mieux adressé.
Chez les Comediens de là ie suis passé,
Où pour mieux faire croire vne telle merueille
I'en ay dit à beaucoup le secret à l'oreille,
Et cette confidence a si bien pullulé;
Que d'oreille en oreille il s'est par tout coulé.
Au sortir de ce lieu (souffrez qu'encor i'en rie)
Vn amy m'a conté ma propre menterie,
Auec tant de serments que c'estoit verité,
Que moy-mesme à l'oüyr i'en ay presque douté.
Enfin le iour manquant i'ay passé par la Place,
Où pour vous vn certain mentoit de bonne grace,
Et recitoit, tout prest d'en jurer au besoin,
Cent choses dont luy-mesme il se disoit témoin.
Cinq ou six l'écoutoient, ie m'approche, & pour rire

I'ay fur ce qu'il difoit voulu le contredire,
Mais luy plein de cholere & d'indignation,
M'interrompant foudain auec émotion,
Ie dis ce que i'ay veu, m'a-t'il dit, & peut-eftre
Vous en parlez ainfi faute de le cognoiftre,
Ou vous portez enuie aux hommes de vertu ;
Et moy fur ce ton-là craignant d'eftre battu,
Ie me fuis retiré pour en rire à mon aife.

D. FERNAND.

L'hiftoire eft excellente.

D. LOVYS.

Elle n'eft pas mauuaife.

D. FERNAND.

Que l'on trouue à Madrid d'impertinents menteurs!

D. LOVYS.

Les nouueautez par tout trouuent des fectateurs,
Mais ce qui me furprend dedans cette aduanture...

PHILIPIN.

Une Dame, Monfieur, d'affez belle ftature
Demande à vous parler fans témoins vn moment.

D. FERNAND.

Amy, retirez-vous dans cet apartement,
Ne s'agiroit-il point icy d'Aftrologie?

H ij

D. LOVYS.

Pleuſt à Dieu, i'en aurois l'ame toute rauie,
Auſſi-bien vous faut-il par vn effort d'eſprit
En tromper deux ou trois pour vous mettre en credit.

D. FERNAND.

Quoy que ce ſoit, d'icy vous le pourrez entendre.

SCENE II.

D. FERNAND, LEONOR,
IACINTE, PHILIPIN.

LEONOR.

*V*Ne telle viſite a droit de vous ſurprendre.

D. FERNAND.

Elle m'honore trop, & i'en ſuis tout confus.

LEONOR.

Pour vous voir, D. Fernand, i'aurois fait encor plus,
Puiſqu'auec paſſion i'ay ſouhaité-cognoiſtre
L'homme le plus ſçauant qu'on ait iamais veu naiſtre.
Ah, Iacinte, ie tremble, & n'oſe m'expliquer.

ASTROLOGVE.

D. FERNAND.

Madame, à ce difcours ie ne puis repliquer,
Vn éloge fi haut m'en met dans l'impuiſſance:
Je poffede en effet quelque foible fcience,
Mais....

LEONOR.

Non, non, c'eſt en vain que vous vous raualez,
Ie ſçay voſtre merite & ce que vous valez,
Et que faire parler vn corps priué de vie
N'eſt que le moindre effet de voſtre Aſtrologie.

D. FERNAND.

Ce que vous en croyez m'eſt trop aduantageux,
Mais puis-je vous ſeruir? ie m'en tiendrois heureux.

LEONOR.

Ah, D. Fernand.

D. FERNAND.

D'où vient que voſtre cœur foùpire?

LEONOR.

Vous pourriez m'eſpargner la honte de le dire.
Puiſque ce haut ſçauoir dont chacun eſt jaloux
Vous fait cognoiſtre affez ce que ie veux de vous.

D. FERNAND.

Et par cette raiſon voſtre raiſon eſt vaine,
Car enfin fi ie ſçay le ſujet qui vous méne,

Ce que vous me direz en cette occasion
Ne sçauroit augmenter vostre confusion.

LEONOR.

Mais que vous seruira d'entendre ma foiblesse?
Vous ne sçauez que trop le desir qui me presse,
Me monstrer à vos yeux, c'est vous ouurir mon cœur.
Ne me traitez donc point auec tant de rigueur,
Et puisqu'à vous parler ie suis si peu hardie
Faites ce que ie veux sans que ie vous le die.

PHILIPIN à D. Fernand.

Elle dit bien, Monsieur, songez à l'obliger.

D. FERNAND à Philipin.

Ie croy qu'elle a dessein de me faire enrager,
Deuiner sa pensée! est-elle raisonnable?
Et suis-ie pour cela Magicien ou Diable.

PHILIPIN.

Payez encor vn coup de galimatias,
Et dites de grands mots qu'elle n'entende pas.

D. FERNAND à Leonor.

Sans vouloir feindre icy, ie confesse, Madame,
Que ie puis penetrer les secrets de vostre ame,
Voir à nud vostre cœur, lire dans vostre sein,
Mais sçachez que pour vous ie m'employerois en vain,
Si vous ne témoigniez par vn recit sincere

Vostre consentement à ce qu'il faudra faire.
Peut-estre tâchez-vous de voir par cet essay
Si ie suis ce qu'on dit, & si ce bruit est vray,
Mais gardez d'empescher l'effet de ma science,
Car enfin il y faut beaucoup de confiance,
I'ay mes regles à part, & n'agis pas tousiours
Selon qu'apparemment les Astres ont leur cours.
La force de mon Art passe vn peu l'ordinaire,
Et pour vous en donner vne preuue bien claire,
Ie vay vous découurir, si vous le souhaitez,
Quelle est vostre pensée, à quoy vous la portez,
Si vostre cœur est libre, ou quel objet l'enflame,
Et ce que vous auez de plus caché dans l'ame:
Mais cela fait aussi, ne me demandez rien,
Je ne puis rien pour vous.

LEONOR.

Quel malheur est le mien,
Qu'il faille me resoudre à viure infortunée,
Ou rougir d'vn recit où ie suis condamnée.
J'ayme, & le digne objet qui regne sur mon cœur
Par cent & cent deuoirs s'en est rendu vainqueur,
Mais encor que pour luy i'eusse vne amour fort tendre,
Il m'a quittée enfin pour s'en aller en Flandre,
Auec tant de mépris que sans me dire Adieu

Il a pù se resoudre à partir de ce lieu.
On m'en vient toutefois d'apporter cette lettre
Qui me promet encor ce qu'il m'osa promettre,
Et m'asseurant pour luy d'une immüable amour
Me fait auec ardeur souhaiter son retour.
Ie brûle de le voir, & quoy qu'en apparence
L'effet de ce desir passe toute puissance,
I'ay sçeu que par vostre Art de tous si fort vanté
Vous pourriez surmonter cette difficulté,
Et dés ce mesme soir faire à mes yeux paroistre
Celuy qui de mon ame a sçeu se rendre maistre.
Ainsi, si d'un beau feu iamais la noble ardeur
Pour un objet aimable échauffa vostre cœur;
Par l'Amour, par ce Dieu que chacun apprehende,
Ne me refusez point ce que ie vous demande.

D. FERNAND à Philipin.

Que luy pourray-je enfin respondre là dessus ?

PHILIPIN à D. Fernand.

Appellez au secours le grand Nostradamus.

D. FERNAND.

Le vieillard Astrologue estoit moins redoutable.

PHILIPIN.

Dites qu'il luy faut faire un pacte auec le Diable.

D. FERNAND.

D. FERNAND à Leonor.

Madame, ie ne sçay pour qui vous me prenez,
Ny ce que de mon Art vous vous imaginez,
Car où pretendez-vous que ie puisse aller prendre
Vn homme que vous mesme aduoüez, estre en Flandre?

LEONOR.

Ah, vous faites encor des prodiges plus grands,
J'en suis bien informée & i'en ay bons garands.

PHILIPIN.

I'en eusse osé jurer.

D. FERNAND.

Croyez qu'on vous abuse,
L'impossibilité fait seule mon excuse,
Mon Art pour vous seruir n'est point assez puissant
S'il faut faire à vos yeux paroistre vn homme absent,
C'est ce qu'on ne fait point par simple Astrologie,
Ces Fantosmes parlants ne vont que par Magie,
Dont la noire science estant sujette aux loix
D'vn courage bien noble est rarement le choix;
D'ailleurs, la vision est fort melancholique
D'vn esprit enfermé dans vn corps fantastique,
Cette apparition pleine d'horreur en soy
Fait pâlir bien souuent les plus hardis d'effroy,
Et vous y manqueriez sans doute de courage.

I.

LEONOR.

Non, non, de mon amant si ce spectre a l'image,
Dans cette vision, dans ce charme trompeur,
J'auray plus de plaisir que ie n'auray de peur.
Mais vous vous défiez peut-estre d'vne femme,
Et croyez qu'vn secret soit mal seur...

D. FERNAND.

Non, Madame,

Car ie confesse enfin puisque vous m'en pressez,
Que pour vous obeïr i'en sçay peut-estre assez,
Et si i'ay dit d'abord qu'il m'estoit impossible
C'est parce que i'y trouue vn obstacle inuincible;
Vous m'auez dit qu'en Flandre est cet amant heureux,
Ainsi ie ne puis rien, la mer est entre-deux,
Cet élement sauuage à mes charmes s'oppose,
Et fait de mon refus la vraye & seule cause.

LEONOR.

Cet obstacle de mer est facile à leuer,
Car de long-temps en Flandre il ne peut arriuer,
Puisque depuis huict iours ayant quitté la ville
A Sarragoce encor sa presence est vtile,
Vn procez l'y retient.

D. FERNAND à Philipin.

A ce coup m'y voicy.

PHILIPIN à D. Fernand.

Chacun croit depuis peu D. Iuan party d'icy.
Si c'eſtoit luy, Monſieur?

D. FERNAND à Philipin.

Cela pourroit bien eſtre,
Sans nous trop engager tâchons de le cognoiſtre.
S'il eſt ainſi, Madame, il reſte ſeulement   à Leo-
A me faire ſçauoir le nom de voſtre amant,   nor.
C'eſt vne circonſtance où vous manquez encore,
J'en dois eſtre informé, non pas que ie l'ignore,
Car enfin aduoüez qu'eſtant né de bon ſang
Il a fort peu de bien à ſouſtenir ſon rang,
Que nous ſommes tous deux enuiron du meſme âge.

LEONOR.

Je ne le puis nier.

D. FERNAND à Philipin.

C'eſt luy-meſme, courage.
Peut-eſtre croirez-vous qu'auec peu de raiſon   à Leo-
Puiſque ie le cognois ie demande ſon nom?   nor.
Mais ſi ie ne l'apprens de voſtre propre bouche
Ie ne puis ſatisfaire au deſir qui vous touche,
Noſtre Art de ce tribut ſe rend vn peu jaloux.

LEONOR.

Helas, qu'à prononcer ce nom me ſera doux!

Il s'appelle D. Iuan. Que faut-il encor dire
Pour obtenir de vous le bonheur où j'aspire?

D. FERNAND.

Puisque la mer enfin ne m'embaraße plus,
Madame, il ne me reste aucun lieu de refus.
Regardez-moy l'œil fixe.

LEONOR.

O fille fortunée!

D. FERNAND.

Monstrez-moy voStre main. Quel iour eStes-vous née?

LEONOR.

L'onzieSme de Iuillet.

D. FERNAND.

Enfin vous voulez voir
Cet amant Si chery?

LEONOR.

S'il Se peut dés ce Soir.
De ce deSir mon ame eSt Si fort poßedée....

D. FERNAND.

Il me faut faire vn pacte auecque Son Idée,
Ce charme eSt innocent, mais pour vn tel deßein
I'ay beSoin d'vn billet écrit de voStre main.

LEONOR.

Puis-ie rien refuSer pour ce que ie Souhaite?

D. FERNAND.

Ie le déchireray ma figure estant faite.
Depesche, Philipin, de l'encre & du papier.

LEONOR à Iacinte.

Et bien, qu'en penses-tu?

IACINTE.

Madame, il est Sorcier,
Et si vous escriuez, c'est chose indubitable
Qu'il portera soudain vostre billet au Diable,
On parlera de vous ce soir dans le Sabat,
Ie l'en refuserois. **LEONOR.**

Ton cœur trop tost s'abat,
Et pour mon interest tu te mets trop en peine.

D. FERNAND luy presentant la plume.

Ie m'en vay vous dicter, écriuez.

PHILIPIN à Iacinte pendāt que Leonor écrit.

Et bien, Reyne?

IACINTE.

Que ton maistre est sçauant:

PHILIPIN.

Bien plus qu'il ne paroit.

IACINTE.

Ie pense qu'auec luy tu peux bien marcher droit,
Puisqu'il lit dans les cœurs en voyant les personnes.

LE FEINT

PHILIPIN.

Quand il en sçait le nom, c'est assez.

IACINTE.

Tu m'estonnes,
Comment se peut cela n'en sçachant que le nom?

PHILIPIN.

C'est que tousiours en poche il a quelque Démon.

IACINTE.

Vn Démon! & tu sers vn tel maistre?

PHILIPIN.

Qu'importe?
Vn Diable quelquefois n'est pas mauuaise escorte,
J'entens vn familier, ne t'épouuante pas.

D. FERNAND à Leonor.

Vostre nom manque encore, il faut le mettre au bas.

LEONOR.

Est-ce assez?

D. FERNAND.

Ouy, Madame.

LEONOR.

Adieu, ie vous le laisse,
Souuenez-vous de moy.

D. FERNAND.

Ie tiendray ma promesse.

IACINTE *se cachant le visage.*

Faut-il qu'il me regarde! Helas, ie meurs de peur.

D. FERNAND *à Iacinte.*

Tu te caches les yeux, & ie vois dans ton cœur.

IACINTE.

Si vous sçauez, Monsieur, le secret où ie pense,
Que ma maistresse au moins n'en ait point cognoissance,
Elle feroit chasser Fabrice asseurément.

SCENE III.

D. FERNAND, D. LOVYS, PHILIPIN.

D. FERNAND.

ENfin m'en voilà quitte, & sans enchantement.

D. LOVYS.

Vn si bon tour joüé vous va donner la vogue
D'vn sçauant personnage, & d'vn grand Astrologue,
Vostre renom bien-tost s'en accroistra par tout.

D. FERNAND.

I'ay bien encor fué pour en venir à bout,
Ie ne fouffris iamais vn plus cruel martyre.

D. LOVYS.

I'auois beaucoup de peine à m'empefcher de rire,
Et fur tout mon plaifir ne fe peut exprimer
Alors qu'elle a détruit voftre obftacle de mer:

D. FERNAND.

I'eftois lors, ie l'aduoüe, en mauuaife pofture.

D. LOVYS.

Vous auiez fort mal pris auſſi voftre mefure,
On va par terre en Flandre auſſi bien que par eau.

D. FERNAND.

Et que fçait vne fille? il feroit fort nouueau
Qu'elle fuft plus fçauante en la Cofmographie
Que ie ne fuis moy-mefme en mon Aftrologie.
I'auois encor dequoy me fauuer à demy
Sur ce qu'il faut paffer en pays ennemy,
Ce paffage euft détruit la force de mes charmes.

D. LOVYS.

Elle vous a pourtant donné bien des alarmes?

D. FERNAND.

Iufques à me voir prefque au bout de mon Latin.

D. LOVYS.

D. LOVYS.

La plaisante aduanture! & son billet enfin?

D. FERNAND.

Lisez, ce ne font pas chofes pour vous fecrettes.

D. LOVYS lit.

D. Iuan, ie fçay bien où vous eftes,
Venez me voir dés cette nuict.

LEONOR.

L'artifice eft affez bien conduit,
Et vous pouuez beaucoup auecque cette lettre.

D. FERNAND.

Dans les mains de D. Iuan il faudra la remettre,
Qui fans doute croyant qu'on l'a fait efpier
Ira voir Leonor pour fe juftifier,
Se trahira luy-mefme ; ainfi par cette adreffe
Ie me vange, & détruis les plaifirs de Lucrece.
Si d'ailleurs Leonor trop credule en ce point
Le prend pour un Fantofme & ne l'écoute point,
On ne peut inuenter fourbe plus accomplie
Pour confirmer le bruit de mon Aftrologie.
Refte à faire tenir maintenant ce billet.

PHILIPIN.

De ce foucy, Monfieur, chargez voftre valet.

K

D. FERNAND.

Mais il le faut donner en main propre.

PHILIPIN.

A luy-mefme,

I'en fçay bien les moyens.

D. FERNAND.

Et par quel ftratagême?

PHILIPIN.

Il n'eft pas grand, Monfieur, & vus l'allez fçauoir.
Dans fon jardin Lucrece attend D. Iuan ce foir,
Voicy mefme à peu prés l'heure qu'il s'y doit rendre,
C'eft là que de ce pas ie veux l'aller attendre,
Et fi ie ne luy fais changer de rendez-vous...

D. LOVYS.

Cet aduïs en effet eft le meilleur de tous.

D. FERNAND *luy donnant le billet.*

Va donc vifte. Je meurs d'en fçauoir des nouuelles.

PHILIPIN.

Vous en fçaurez bien-toft, Monfieur, & des plus belles,
La porte du jardin n'eft pas bien loing d'icy.

SCENE IV.

PHILIPIN.

Qvel intrigue iamais a valu celuy-cy,
Et que i'ay bien dequoy faire aujourd'huy le rogue
D'auoir fait ériger mon maistre en Astrologue !
Que l'on croit de leger, & qu'à ce que ie voy
Il en est à Madrid de plus badauts que moy !
Mais i'enrage desia d'auoir fait mon message,
D. Iuan en pestera ie croy de bon courage,
Et n'aura pas grand soing de me bien regaler
Lors que de Leonor il m'entendra parler.
Bon, voicy le jardin, occupons-en la porte,
Il ne peut m'échaper soit qu'il entre ou qu'il sorte,
N'en estant point cognu, ie ne hazarde rien.
I'entens marcher quelqu'vn, si c'est luy, tout va bien.

SCENE V.

D. IVAN, PHILIPIN.

D. IVAN heurtant Philipin comme il va
pour entrer.

Qvi va là?

PHILIPIN.

I'y venois, Monsieur, pour vous attendre.
Leonor m'a donné ce billet à vous rendre,
Et vous prie instamment de la voir cette nuict,
Voylà quel est mon ordre.

D. IVAN.

Où me vois-je reduit!
Amy, de grace, écoute.

SCENE VI.

D. IVAN.

IL fuit, il m'abandonne,
Et dans l'obſcurité ie ne vois plus perſonne:
Quel Démon ennemy, quel infidelle eſprit
A pû luy découurir que ie ſuis à Madrid?
Ah, ie n'en puis douter, la preuue en eſt trop claire,
Don Lope m'a trahy pour tâcher de luy plaire,
Jl l'adore, & i'ay trop recognu pour mon mal
Qu'en luy i'auois bien moins vn amy qu'vn Riual.
O diſgrace! ô malheur à qui tout autre cede!
Mais il faut, s'il ſe peut, y donner prompt remede,
L'aller voir de ce pas, pour détruire l'eſpoir
Qu'vn amy deſloyal peut deſia conceuoir.
Si ce billet auſſi n'eſtoit qu'vne impoſture?
Voyons auparauant ſi c'eſt ſon écriture,
Et s'il eſt de ſa main allons au rendez-vous,
Et tâchons dés ce ſoir d'appaiſer ſon couroux.
Ie vois de la lumiere, aduançons, l'heure preſſe.

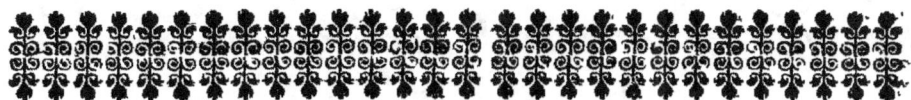

SCENE VI.

LEONOR, IACINTE.

IACINTE.

MAis croyez-vous encor qu'il tienne sa promesse,
Et qu'en si peu de temps D. Fernand au besoing
Puisse obliger D. Iuan à venir de si loing?

LEONOR.

Pauure esprit! esprit foible! auec ton ignorance
Voudrois-tu limiter cette haute science,
Qui pourueu que la mer ne fust point entre-deux
Produiroit des effets cent fois plus merueilleux?
Sans doute qu'il viendra, non luy, mais son Image,
Vn spectre tout pareil de port & de visage.

IACINTE.

Et quel plaisir, Madame, aurez-vous de le voir?
Pourquoy le souhaiter?

LEONOR.

Tu ne le peux sçauoir

Si tu ne ſçais qu'Amour, ce charmant aduerſaire,
Luy-meſme eſt la raiſon de tout ce qu'il fait faire.

IACINTE.

Et bien, vous le verreʒ, ie veux vous l'accorder.
Mais ſi c'eſt vn Fantoſme, vn corps qui n'eſt que d'air,
N'aurez-vous point de peur?

LEONOR.

Point du tout : mais on frape.

IACINTE.

Vous pâliſſez, Madame, vn ſoûpir vous échape!
Vous croyeʒ que c'eſt luy peut-eſtre?

LEONOR.

Aucunement,

Mais va voir ce que c'eſt. D'où vient ce changement?
Quelle ſecrette horreur s'empare de mon ame?
Ie tremble, qu'ay-ie à craindre!

SCENE VIII.

D. IVAN, LEONOR, IACINTE.

IACINTE *laiffant tôber la lumiere qu'elle porte.*

AH Madame, ah Madame,
C'eſt luy-meſme, ſinon qu'il eſt beaucoup plus grand.

LEONOR *fuyant.*

Ah Ciel, Ah!

D. IVAN.

Cet accueil, Leonor, me ſurprend.

LEONOR.

Ma curioſité ne ſert qu'à me confondre,
C'eſt la voix de D. Iuan, mais ie ne puis répondre,
Et quand i'ay pris deſſein de le faire appeller
I'ay ſouhaité le voir, & non pas luy parler.

IACINTE *cachée.*

Que ie crains que ce ſpectre, ou bien pluſtoſt ce Diable
Ne me vienne chercher iuſques ſous cette table.

D. IVAN.

D. IVAN.

Quelle confusion, & quel charme est-ce cy?
Leonor, c'est donc moy que vous traitez ainsi?
Moy qui viens tout exprés vous donner asseurance
Que sur mon cœur vous seule auez toute puissance?

LEONOR fuyant tousiours.

Ie ne veux point de toy, j'abhorre ce pouuoir,
Et c'est le vray D. Iuan que ie souhaite voir.

D. IVAN.

Ie suis tousiours le mesme, & ma foy n'est point fausse.

LEONOR.

Fantosme, laisse-moy, retourne à Sarragoce.

D. IVAN.

Et de grace, écoutez mes raisons de plus prés.
Leonor. Est-ce feinte, est-ce jeu fait exprés?
Que fais-tu là, Iacinte?

Elle se retire dans vn petit cabinet dont elle ferme la porte.

IACINTE se retirant auec violence de dessous la table qu'elle fait tomber auec la lumiere qui s'esteint.

A l'ayde, ie suis morte,
C'en est fait. D. IVAN seul.

Qui iamais fut receu de la sorte?
Ay-ie perdu l'esprit? suis-ie moy-mesme encor?
Iacinte, à m'écouter oblige Leonor.

L

Leonor. L'vne & l'autre est sourde à ma priere,
Personne ne répond, & ie suis sans lumiere.
Qui la peut obliger à se cacher de moy ?
Est-ce hayne? est-ce horreur pour mon manque de foy?
En quels doutes mon ame est-elle ensevelie !
N'importe, laissons-la joüyr de sa folie,
Et cependant allons à l'autre rendez-vous
Tâcher d'y receuoir vn traitement plus doux.

FIN DV TROISIESME ACTE.

ACTE IV.

SCENE PREMIERE.

D. IVAN, LVCRECE, BEATRIX.

D. IVAN.

 *N chagrin si profond me surprend &*
m'afflige,
Madame, à soûpirer quel sujet vous
oblige?
Doutez-vous de mon cœur? doutez-vous de ma foy?

LVCRECE.

Je crains tout, ie l'aduouë, & pour vous & pour moy,
Et ne puis empescher ma vertu de s'abatre,
Voyant quels ennemis-nous auons à combatre.
Songez-y bien, D. Iuan, vn amant méprisé

L ij

Iamais à ſa vangeance a-t'il rien refuſé?
Croyez-vous D. Fernand plus genereux qu'vn autre?
Son intereſt ſur luy peut-il moins que le noſtre?
Il ſçait que i'ay de nuict ſouffert voſtre entretien,
Iugez ſi pour nous perdre il épargnera rien,
S'il pourra ſe dompter iuſques à ne point nuire
Au bonheur d'vn Riual quand il le peut détruire.

D. IVAN.

Ses efforts ſeront vains ſi vous m'aymez encor.

LVCRECE.

Ie n'en dis pas autant de ceux de Leonor.

D. IVAN.

Ah, Madame! c'eſt faire vn outrage à ma flame.

LVCRECE.

Qu'eſt-ce qu'vn premier feu ne peut point ſur vne ame?
Nommez ſi vous voulez cet amour vn deuoir,
Enfin elle eſt aymable, & vous la deuez voir,
Et ſi vous refuſez voſtre cœur à ſes charmes,
Le refuſerez-vous à l'effort de ſes larmes?

D. IVAN.

Ah, ce doute cruel me touche au dernier point,
Et bien, ſi vous voulez ie ne la verray point.
Qu'elle menace, tonne, éclate de cholere,
Ie mettray ſeulement tous mes ſoings à vous plaire,

ASTROLOGVE. 85

Et de quelque malheur que ie sente les coups
Ie viuray trop heureux estant aymé de vous.
Mais d'vne autre douleur ie sens la viue atteinte,
Et si i'ose à mon tour vous expliquer ma crainte,
Que ne tentera point vostre pere alarmé
S'il apprend que de vous D. Iuan soit estimé?
Que n'employera-t'il point pour chasser de vostre ame
Tout ce qui peut nourrir vne si belle flame?
Il vous menacera, vous craindrez son couroux,
Et lors peut-estre, & lors m'abandonnerez-vous,
Et direz comme luy que c'est vne foiblesse
Où le bien a manqué, d'estimer la noblesse,
D'aymer vn bon courage...

LVCRECE.

Ah, iugez mieux de moy,
La vertu suffit seule à soustenir ma foy,
Et ie ne porte point vn cœur assez esclaue
Pour effacer par crainte vn portrait qu'elle y graue,
J'y conserue le vostre.

D. IVAN.

O trop heureux amant:

LVCRECE.

Pour gage de ma foy prenez ce Diamant,
Seur que ie suis à vous, & que quoy qu'il aduienne

Iamais ſa fermeté n'égalera la mienne.

D. IVAN.

Dans l'excez du plaiſir ie ne me cognois plus;
Et de tant de bontez & ſurpris & confus
Ne ſçachant que vous dire, & ne pouuant me taire...

LVCRECE.

Vous pourſuyurez tantoſt, voicy venir mon Pere.

SCENE II.

LEONARD, LVCRECE,
D. IVAN, BEATRIX.

LEONARD.

NE voy-ie pas D. Iuan? quoy, deſia de retour?

D. IVAN.

Vn procez impréueu me renuoye à la Cour,
Et me fait differer mon voyage de Flandre:
Ie viens de Sarragoce.

LEONARD.

Et que fait-là mon Gendre?

D. IVAN.

D'vn fauorable accueil ie luy fuis obligé,
Il vous auoit écrit, & m'en auoit chargé:
Mais ie me fuis muny d'vn valet fi fidelle,
Qu'il m'a volé ma malle & la lettre auec elle.

LEONARD.

Ainfi vous auez fait vn retour malheureux.

D. IVAN.

Ainfi pour moy le Ciel eft toufiours rigoureux;
Car enfin ce malheur m'eft d'autant plus contraire
Qu'il ne vous écriuoit que touchant mon affaire,
Vous priant de m'ayder en ce dont il s'agit
Et de voftre confeil & de voftre credit.

LEONARD.

Ie n'ay credit, amis, ny confeil qu'auec joye,
Si ie puis vous feruir, au befoing ie n'employe,
Je m'offre fans referue, & fi vous m'épargnez
Ce fera me monftrer que vous me dédaignez.

D. IVAN.

C'eft faire trop de grace au peu que ie merite:
Mais vous m'excuferez, Monfieur, fi ie vous quitte,
Quiconque a des procez eft à foy rarement,
I'ay quelque ordre à donner où ie cours promptement,
Pardonnez fi i'en vfe auec tant de franchife.

LEONARD.

Il n'en est point , D. Iuan , qu'vn procez n'authorise.

SCENE III.

LEONARD, LVCRECE, BEATRIX.

LEONARD.

Q**Voy, contre ton humeur tu resveras tousiours?**
D'où ce pesant chagrin peut-il prendre son cours?
Tire-moy de soucy.

LVCRECE.

Ce n'est rien.

LEONARD.

Mais encore?

Ne me le cele point.   **LVCRECE.**

Moy-mesme ie l'ignore,
C'est peut-estre vn effet de mon temperament.

LEONARD.

Ah, Lucrece.

LVCRECE.

LVCRECE.

S'il faut l'aduoüer librement,
J'ay perdu quelque nippe, & c'eſt la ſeule cauſe
Qui fait en mon humeur cette metamorphoſe.

LEONARD.

Et bien, qu'as-tu perdu?

LVCRECE.

J'en ſuis toute en couroux.

LEONARD.

Dy donc.　　## LVCRECE.

Ce diamant que ie tenois de vous.

LEONARD.

Ne t'inquiete point, vn peu de patience,
On le retrouuera.　## LVCRECE.

J'en ay peu d'eſperance ;
J'ay fait chercher par tout, ſans doute il eſt perdu.
M'euſt-il couſté le double, & me fuſt-il rendu !

LEONARD.

L'occaſion peut-eſtre à quelqu'vn s'eſt offerte,
Mais il eſt fort aiſé d'en reparer la perte,
Il en eſt de plus beaux, en trauail, en valeur.

LVCRECE.

Ils me conſoleroient fort peu de ce malheur,
Celuy-là me plaiſoit.

M

LE FEINT

LEONARD.

L'attachement eſtrange !
Pour beau que fuſt ᴠn autre elle perdroit au change.
Va, quitte ce chagrin, ie ᴠay tout-maintenant
Sur cet anneau perdu conſulter D. Fernand.

BEATRIX.

Pour excuſer l'humeur qui vous rend ſi reſveuſe,
Vous auez tout gaſté.

LVCRECE.

Que ie ſuis malheureuſe:

BEATRIX.

Taiſeᴢ-vous, il reᴠient.

LEONARD.

Dy-moy, ce diamant,
De quand eſt-il perdu?

LVCRECE.

D'auiourd'huy ſeulement.

LEONARD.

L'heure?

LVCRECE.

Entre neuf & dix.

SCENE IV.

LVCRECE, BEATRIX.

LVCRECE.

QVel conseil dois-ie prendre?

BEATRIX.

De ce chien d'Astrologue il s'en va tout apprendre,
Pour moy ie tiens desia vostre amour découuert.

LVCRECE.

Ce n'est que D. Fernand en effet qui me pert,
Mais quoy qu'il entreprenne, & quoy qu'il puisse faire,
Mon amour craindra peu l'authorité d'vn pere,
Mon cœur est à D. Iuan, rien ne le peut forcer,
Et son espoir est vain s'il prétend l'en chasser.

BEATRIX seule.

Que ne peut vne fille ayant l'amour en teste!
Mais il faut diuertir l'orage qui s'appreste,
Instruire Philipin de ce qui s'est passé,
De peur que D. Fernand ne soit embarassé,

M ij

Et que rompant commerce auec l'Astrologie
Il n'apprenne au vieillard toute la tromperie.

SCENE V.

D. FERNAND, D. LOVYS.

D. FERNAND.

*E*N *quelle extremité me vois-ie icy reduit!*

D. LOVYS.

Mais c'est par vostre adueu que i'ay semé ce bruit.

D. FERNAND.

Ouy, de l'Astrologie, & non pas d'autre chose;
Cependant de l'Enfer on croit que ie dispose,
Peu s'en faut qu'en la ruë on ne me monstre au doigt.

D. LOVYS.

Vn mensonge tousiours en moins de rien s'accroit,
On y change, & chacun le debite à sa mode:
Mais qu'a pour vous encor ce bel Art d'incommode?
Dequoy vous plaignez-vous?

D. FERNAND.

> *De voir petits & grands*

Me venir propofer cent doutes differents,
Ie ne me vis iamais en pareil exercice;
Et comme ie répons feulement par caprice,
I'auray bien-toft acquis le renom d'impofteur.

D. LOVYS.

Le meilleur Aftrologue eft le plus grand menteur,
Et c'eft toufiours beaucoup que par ce tour d'adreffe
Vous vous eftes vangé des mépris de Lucrece,
Voftre Riual vous craint, vous troublez fes plaifirs,
Et tout femble d'accord auecque vos defirs.

D. FERNAND.

Croyez que fans regret ie luy cede la place,
Ie ne trauaille point à caufer fa difgrace,
Et mon amour efteint, il m'importe fort peu
Que Lucrece aujourd'huy recompenfe fon feu.

D. LOVYS.

Que n'aduoüyez-vous donc le tout auec franchife,
Sans vous faire Aftrologue?

D. FERNAND.

> *Admirez ma fottife;*

Car à dire le vray ie ne me comprends pas,
De m'eftre mis moy-mefme en vn tel embarras,

Sans que la piece ait eu cauſe plus importante
Que la crainte de voir chaſſer vne ſeruante.
I'auois bien pour ce coup la ceruelle à l'enuers.

D. LOVYS.

Ceſſez d'en murmurer, puiſque ie vous y ſers
I'ay part à l'impoſture, & ie prens pour mon conte
En l'oſant diuulguer la moitié de la honte.
Mais y peut-on trouuer rien indigne de nous?

SCENE VI.

D. FERNAND, D. LOVYS,
LEONOR, IACINTE.

LEONOR.

I'Ay bien lieu, D. Fernand, de me plaindre de vous.

D. FERNAND.

Voicy pour m'acheuer, l'incommode perſonne!
Vous, Madame, de moy! ce reproche m'eſtonne.
En quoy le puis-ie auoir depuis hier merité?

LEONOR.

Si D. Iuan en effet ne s'eſt point abſenté,
S'il eſtoit à Madrid, puiſque voſtre ſcience
Des plus obſcurs ſecrets vous donne cognoiſſance,
Dites, à quel deſſein me l'auez-vous celé?

D. FERNAND.

Ie l'ignorois encor lors que ie vous parlay,
Et ne l'ay découuert qu'en faiſant ma figure,
Mais à bien regarder toute cette aduanture
Rien n'y ſçauroit tourner à ma confuſion;
Au lieu de ſon Fantoſme & d'vne illuſion,
Si quoy qu'il ſe cachaſt auec vn ſoing extréme,
A vous aller trouuer ie l'ay contraint luy-meſme,
Puis-ie mieux témoigner la force de mon Art,
Et qu'il n'eſt ny trompeur, ny ſuiet au hazard?

LEONOR.

Cette raiſon l'emporte, il faut que ie luy cede;
Mais à mon déplaiſir donnez quelque remede.
Le parjure au mépris de tant de vœux offerts
D'vne beauté nouuelle oſe porter les fers,
C'eſt pour elle aujourd'huy qu'à Madrid il s'arreſte,
I'ay ſçeu tout le détail de cette amour ſecrette,
Et que les Aſtres ſeuls à qui vous commandez,
Sont les témoins du feu dont ils ſont poſſedez:

Puiſqu'à voſtre ſcience il n'eſt rien d'impoßible,
Empeſchez ce commerce à mon cœur trop ſenſible,
Rompez les triſtes nœuds de cet attachement,
Aux yeux qui l'ont ſurpris dérobez mon amant,
Faites qu'il ſe repente, & que pour ma vangeance
Ma Riuale à ſon tour pleure ſon inconſtance.

D. FERNAND.

Ayez de voſtre amant des ſentiments meilleurs,
On vous trompe ſans doute, il n'ayme point ailleurs,
Et quoy qu'il ſoit vn peu blaſmable en ſa conduite,
Du ſujet qui l'arreſte on vous a mal inſtruite,
Vous en eſtes la cauſe, & ſon eſprit jaloux
A voulu ſe guerir en ſe cachant de vous,
Pour vous faire obſeruer il a feint ce voyage,
Mais, Madame, ceſſez d'en auoir de l'ombrage,
Car enfin il vous ayme, & toute ſa rigueur
Aſſeure à vos beautez l'empire de ſon cœur,
D'vn faux mépris peut-eſtre il couurira ſa flame,
Mais quoy qu'il diſſimule, il vous adore en l'ame.

LEONOR.

Agreable aſſeurance ! helas, pardonne-moy,
D. Iuan, ſi ſans raiſon i'ay douté de ta foy.
Le Ciel, ô D. Fernand, vous ſoit touſiours propice,
Adieu.

SCENE

SCENE VII.

D. FERNAND, D. LOVYS.

D. LOVYS.

LA pauure Dame est toute sans malice,
Et de vostre réponse a grande joye au cœur.

D. FERNAND.

Sa priere à ce coup ne m'a point fait de peur,
Et ie me doutois bien, comme elle est fort credule,
Que ie l'endormirois d'vn espoir ridicule.
Me voicy libre enfin.

D. LOVYS.

Non pas trop libre encor;
Et quelqu'vn.....

D. FERNAND.

Ah, c'est là bien pis que Leonor.

N

SCENE VIII.

LEONARD, D. FERNAND, D. LOVYS.

LEONARD.

D. *Fernand.*

D. FERNAND.
Ah, Monsieur, quel sujet vous améne?

LEONARD.
Ie viens pour vous prier de me tirer de peine.

D. FERNAND.
Que sera-ce?

LEONARD.
Excusez si j'agis librement,
Et commence par là mon premier compliment,
Auecque mes amis c'est ainsi que ie traite.

D. FERNAND.
Une telle franchise est ce que ie souhaite.

LEONARD.
Vn certain diamant qu'on a perdu chez moy

Fait ſoupçonner mes gens, & douter de leur foy,
Et comme ce deſordre y cauſe grand murmure,
Daignez en ma faueur faire quelque figure,
Pour découurir au vray ce qu'il eſt deuenu.

D. LOVYS à D. Fernand.

O qu'en bonne ſaiſon le vieillard eſt venu!

D. FERNAND à D. Louys.

Pour durer plus d'vn iour la fourbe eſt trop groſſiere,
Ie vous l'auois bien dit.

LEONARD à D. Louys, voyant reſver D. Fernand.

Il reſve à ma priere,
Sans doute il l'examine auec attention.

D. LOVYS à Leonard.

Ce meſtier a beſoin de ſpeculation,
Et ie l'ay veu ſouuent en rencontre ſemblable
Dans vne reſverie à peine conceuable,
Il ſemble que l'eſprit abandonne le corps.

LEONARD.

Auſſi faut-il en faire agir tous les reſſorts,
Et que iuſques au Ciel ſa viuacité monte.

D. FERNAND bas.

Ouy, le vouloir fourber c'eſt me couurir de honte,
Ie n'en puis eſperer qu'vn embarras plus grand.

LE FEINT

LEONARD à D. Louys.

Voyez pour m'obliger quelles peines il prend.

D. LOVYS.

A vous rendre content sans doute il se dispose.

LEONARD à D. Fernand.

Et bien, m'en allez-vous apprendre quelque chose?

D. FERNAND.

Comme à vous abuser ie n'ay point d'interest,
Sçachez qu'on croit de moy beaucoup plus qu'il n'en est.
Je ne le cele point, i'ay bien quelque principe
De cette Astrologie où tant de monde pipe,
Et sur ce fondement mes amis indiscrets
Ont feint d'en auoir veu de merueilleux effets ;
Mais quoy qu'on en publie, & quoy que l'on en pense,
Aucun n'en vit iamais la moindre experience,
Et si par leur exemple à cette feinte instruit
Moy-mesme quelquefois i'ay confirmé ce bruit,
Ce n'a iamais esté que quand la raillerie
Loin de passer pour crime estoit galanterie :
Mais icy qu'il s'agit de vous parler sans fard,
Quel que soit le renom que m'ait acquis cet Art,
La reputation ne m'en est point si chere,
Que pour la conseruer ie vueille vous rien taire.
Ainsi croyez qu'en vain touchant ce diamant

Vous attendez de moy quelque éclaircissement,
En quelque main qu'il soit, & quoy qu'il en puisse estre,
Par le peu que ie sçay ie n'en puis rien cognoistre.

LEONARD.

Quand ie n'aurois pas sçeu par le raport d'autruy
Que vous estes l'honneur des sçauants d'aujourd'huy,
Et que l'on fait de vous par tout vn cas extresme,
Cette humilité seule à parler de vous-mesme
Me persuaderoit de ce que vous sçauez.

D. FERNAND.

Perdez ces sentiments pour moy trop releüez,
Ie ne sçay rien du tout, & ie vous le proteste.

LEONARD.

La preuue du contraire est par là manifeste.
Ainsi les plus sçauants, ainsi les plus parfaits
Doiuent estre tousiours modestes & discrets,
Et ne pas obscurcir l'éclat de leur science
Par le faste insolent d'vne vaine arrogance.

D. LOVYS.

Il passe bien son temps.

D. FERNAND.

                O le vieillard maudit!
Si i'estois en effet ce que l'on vous a dit,
Quand mesme ie voudrois me cacher à tout autre,

Ie donnerois icy mon interest au vostre,
Et ie vous en dirois la pure verité.

LEONARD.

Je vous le dis encor que cette humilité
Plus que vostre science est en vous estimable,
Elle est d'vn grand esprit la marque indubitable;
Quiconque sçait beaucoup présume peu de soy,
La vanité iamais ne luy donne la loy,
Il descend en soy-mesme, il tâche à se cognoistre,
C'est n'estre pas sçauant que s'imaginer l'estre,
Et quelque Art que ce soit, pour en discourir bien,
Qui croit y tout sçauoir sans doute n'y sçait rien.
Mais pour venir enfin à ce qui me regarde...

D. FERNAND.

Jl me va rendre fou, si ie n'y prends bien garde.

LEONARD.

Ce diamant perdu sembloit d'autant plus beau
Qu'il seruoit de cachet aussi-bien que d'anneau,
Ie l'auois fait grauer. Et s'il est d'importance
Que vous sçachiez encor cette autre circonstance,
C'est entre neuf & dix qu'on croit l'auoir perdu.

SCENE IX.

LEONARD, D. FERNAND, D. LOVYS, PHILIPIN.

PHILIPIN tout haut, prefen-
tant vn papier à D. Fernand.

Monsieur, l'autre ce foir vous doit eftre rendu.
C'eft prétexte, écoutez.

LEONARD à D. Louys.

D'où vient qu'il me refufe ?

Il le tire à part, & luy parle à l'oreil le

D. LOVYS.

Peut-eftre de Magie il craint qu'on ne l'accufe,
On eft prompt à médire, & le peuple ignorant
Attribuë aux Démons tout ce qui le furprend,
C'eft par cette raifon que vous le voyez feindre.

LEONARD.

Ie fçay ce qu'il faut taire, il n'a pas lieu de craindre.

PHILIPIN à D. Fernand.

C'eft ce que maintenant m'a conté Beatrix.

LE FEINT

D. FERNAND à Philipin.

Ton secours vient à temps, & sans toy i'estois pris.

Pardonnez, deuant vous si i'ay receu message,
Ie sçay bien le respect que l'on doit à vostre âge,
Mais l'affaire pressoit.

LEONARD.

Vous me rendez confus :
Mais de grace auec moy ne dissimulez plus.

D. FERNAND.

Si i'en sçauois assez....

LEONARD.

L'excuse est inutile,
Une bague perduë, est-il rien plus facile ?

D. FERNAND.

Monsieur, encore vn coup, ie vous le dis sans fard...

LEONARD.

Monsieur, encore vn coup laissons la feinte à part,
Et m'apprenez enfin ce que ie veux apprendre.

D. FERNAND.

De peur de vous fâcher ie voulois m'en défendre,
Mais vous m'y contraignez.

LEONARD.

Rien ne me peut fâcher :

D. FER-

D. FERNAND.

Oyez donc ce qu'en vain i'ay voulu vous cacher,
Et sçachez que desia resvant à vostre affaire
I'ay fait en mon esprit ce qu'il a fallu faire.
Celuy qui ce matin vous a fait compliment
En habit de campagne, a vostre diamant.

LEONARD.

Qui l'auroit soupçonné d'vne si noire tache,
Et qu'estant si bien fait il eust l'ame si lâche?
Mais quoy! c'est vn effet de la necéßité
Qui du sang le plus pur rend vn sang tout gasté.
   Vous voyez, D. Fernand, qu'en vain vous vou-
    liez taire
Ce dont sur vostre front ie vois le caractere.
Quand ie dis vne fois, Cet homme a de l'esprit,
C'est vn sçauant du siecle, il l'est sans contredit,
Adieu.

O

SCENE X.

D. FERNAND, D. LOVYS, PHILIPIN.

D. LOVYS.

SAns Philipin il vous la bailloit belle.

D. FERNAND.

Mais rencontrant D. Iuan, s'il faut qu'il le querelle,
Comme l'ayant volé, ce sera bien le bon.

PHILIPIN.

Qu'importe s'il le prend pour gendre, ou pour larron?
C'est bien la mesme chose, & l'vn & l'autre en somme
Pour en auoir le bien veut la mort du bon-homme.

D. FERNAND.

Quoy que tout iusqu'icy m'ait succedé fort bien
Ie suis las d'vn mestier où ie ne cognois rien,
Mais afin d'en sortir auecque plus de gloire,
Puisque ie vois le pere-en humeur de tout croire,
Ie veux faire si bien, loing d'en estre jaloux,

Que D. Iuan de Lucrece aujourd'huy soit l'époux,
Et confesse deuoir à ma feinte science
De son fidelle amour la iuste recompense.
Mais quelqu'vn entre encor.

D. LOVYS.

Quel est ce bon vieillard?

D. FERNAND.

Depuis plus de trente ans il sert chez Leonard.

SCENE XI.

D. FERNAND, D. LOVYS, MENDOCE, PHILIPIN.

D. FERNAND.

AH, *Mendoce.*

MENDOCE.

Ah, Monsieur, en faueur de Lucrece,
Lucrece nostre bonne & commune maistresse,
Si i'osois vous prier.

O ij

LE FEINT

D. FERNAND.

Parle, acheue, dequoy?

MENDOCE.

De peu de chofe. **D. FERNAND.**

Dy, ie feray tout pour toy.

MENDOCE.

Las de feruir toufiours, il m'a pris vne enuie
De reuoir mon pays pour y finir ma vie,
I'y porte quelque argent, le fruit de mes fueurs :
Mais comme les chemins font remplis de voleurs,
Pour y tenir ma bourfe à couuert du pillage,
Et mefme pour gagner les frais d'vn long voyage,
Ie voudrois bien, Monfieur, que par enchantement
Vous me fiffiez chez moy porter en vn moment.

D. FERNAND à D. Louys.

Vous pouuez voir par là ce que l'on me croit eftre.

PHILIPIN à Mendoce.

Il fuffira de moy fans employer mon maiftre,
J'en fçay trop pour cela, ie t'y feray porter.

D. FERNAND.

Mendoce, pour ce foir va toufiours t'apprefter,
Philipin aura foing de ce qu'il faudra faire.

MENDOCE.

Monfieur, ie m'en défie.

D. FERNAND.

Il n'ose me déplaire,

N'en apprehende rien.

D. LOVYS.

Il est tout satisfait.

D. FERNAND.

Allons en rire vn peu dedans mon cabinet ;
Feins que ié suis sorty si quelqu'vn me demande.　à Phi-
　　　　　　　　　　　　　　　　　　　　　　　lipin.

SCENE XII.

MENDOCE, PHILIPIN.

MENDOCE.

FAy pour moy ce qu'il faut, ton maistre le cõmande,
Mais tu te mesles donc aussi de son mestier?

PHILIPIN.

Depuis que ie le sers, ie suis demy Sorcier,

MENDOCE.

Mais est-il si sçauant?

PHILIPIN.

Plus qu'on ne s'imagine,

C'est vn terrible esprit.

MENDOCE.

Il en a bien la mine.

PHILIPIN.

On diroit à l'ouyr quand il parle d'autruy,
Qu'il lit dedans les cœurs, ou le Diable pour luy.

MENDOCE.

Qu'vn valet est à plaindre auec tel personnage:
Ainsi si quelquefois allant faire vn message
Vn amy par hazard te vient prendre en defaut,
Et t'oblige à tarder vn peu plus qu'il ne faut,
Tu n'oses luy donner cette bourde legere:
Le Courrier est venu plus tard qu'à l'ordinaire,
I'ay long-temps attendu que Monsieur eust écrit,
I'ay veu chez le Tailleur s'il faisoit vostre habit,
Et ce que nous fournit en diuerse rencontre
La peur d'estre chassez, ou de receuoir monstre.
Pour moy, i'aymerois mieux & gueuser & pâtir,
Que de seruir vn maistre & n'oser luy mentir.

PHILIPIN.

D'abord ainsi qu'à toy cela m'estoit bien rude,
Mais on se fait à tout auec vn peu d'estude.

MENDOCE.

Tu n'oserois d'ailleurs, quoy qu'auec gens discrets,

Ny médire de luy , ny conter ses secrets,
Ou s'il arriue enfin quand sa bile le presse
Qu'à bons coups de bafton il te fasse carresse,
Tu n'oserois t'en plaindre, & dire à quelque amy
Qu'il est fantasque, & plus que Lutin & demy,
Ou si le cas escheoit, auecque ses semblables
Le donner de grand cœur à trente mille Diables.
Quelques coups dont iamais i'aye esté regalé,
Quand i'auois fait cela i'estois tout consolé.

PHILIPIN.

Le mien est indulgent.

MENDOCE.

Facile, ou difficile,
En vne belle nuit ma foy ie ferois gille.

PHILIPIN.

Ne sçauroit-il pas bien mon dessein en ce cas?

MENDOCE.

Autre incommodité que ie ne contois pas.
Mais où ie trouue encor de grands desaduantages
S'il voit dedans les cœurs & lit sur les visages,
Le moyen en seruant d'amasser vn teston?
Remplit-on le gousset sans le tour du bafton?
Et pouuons-nous auoir dequoy faire débauche
Sans ces menus profits qui nous viennent à gauche?

Tu ſçais que de l'argent qui tombe en noſtre main
Selon l'occaſion on retient le douʒain,
Et que peu de valets en font quelque ſcrupule.

PHILIPIN.

C'eſt à dire en deux mots que tu ferres la mule ?
C'eſt vn bon reuenu dont il me faut paſſer,
Mon maiſtre hait le vol plus qu'on ne peut penſer;
Et ie croy pour cinq ſols que ſans miſericorde
Il me feroit apprendre à dancer ſous la corde:
Meſme ie te plains fort de l'eſtre venu voir,
Te ſeruant du talent & l'ayant fait valoir,
Car comme en te voyant il l'aura pû cognoiſtre,
Il pourra bien tantoſt en aduertir ton maiſtre.

MENDOCE.

En aduertir mon maiſtre : helas, ie ſuis perdu.

PHILIPIN.

Pourquoy ? ton pis aller n'eſt que d'eſtre pendu.

MENDOCE.

Hé de grace, en faueur d'vn compagnon d'office,
Empéſche ſi tu peux qu'il ne l'en aduertiſſe.

PHILIPIN.

As-tu bien dérobé ?

MENDOCE.

Peu de choſe à la fois.

PHILI-

PHILIPIN.

Mais souuent?

MENDOCE.

Enuiron vingt ou trente par mois.

PHILIPIN.

A te dire le vray; ie n'y sçay qu'vn remede.

MENDOCE.

Dy-le-moy promptement afin que ie m'en ayde.

PHILIPIN.

Mon maistre a maintenant tant de soins en l'esprit,
Que sans qu'il pense à toy tu peux quitter Madrid:
N'attends donc point ce soir à faire ton voyage,
Cours viste de ce pas dresser ton équipage,
Que ton vieillard apres soit de tout aduerty,
T'enuoyera-t'il chercher quand tu seras party?

MENDOCE.

Estant en mon pays ie ne le craindrois gueres,
Mais c'est bien loing d'icy.

PHILIPIN.

Donne ordre à tes affaires,
Ie t'y rends aujourd'huy quelque loin que ce soit,
Mais il te faut munir en l'air contre le froid;
Là soufflent certains vents ennemis de nature,
C'est l'incommodité d'vne telle voiture,

P

Mais le voyage est fait en moins d'vne heure, ou deux.

MENDOCE.

Et la monture?

PHILIPIN.

Douce ainsi que tu la veux.
Va cependant m'attendre au jardin de ton maistre,
Ie m'y rendray bien-tost.

MENDOCE.

Que ce soit sans peut-estre.

PHILIPIN.

Sois tout prest à partir.

MENDOCE.

Aussi, si tu n'y viens?

PHILIPIN.

Ie m'y rendray, te dis-ie. Ah, vieux loup, ie te tiens.

FIN DV QVATRIESME ACTE.

ACTE V.

SCENE PREMIERE.

D. IVAN.

ENFIN ma prison cesse, & par cette re-
traite
En vain i'ay creu tenir ma passion secrette,
Ma mauuaise fortune a sçeu la reueler;
I'ay dequoy toutefois encor m'en consoler,
Sous ce pretexte faux de procez & d'affaire
Mon retour à Madrid passe pour necessaire,
Et malgré mon Riual cette feinte me sert
A trouuer chez Lucrece vn accez plus ouuert.
C'est en vain, Leonor, que ton cœur en murmure,
Ie ne suis point ingrat, ie ne suis point parjure,
Mes sentiments pour toy sont les mesmes encor,
Leonor à mes yeux est tousiours Leonor,

Cent bienfaits dans ton fort font que ie m'intereſſe,
Tu les verſas ſur moy touſiours auec largeſſe,
Mais quoy qu'ils n'ayent pas mis mõ cœur dãs tes liens,
Ils ne ſont pas perdus puiſque ie m'en ſouuiens,
N'exige rien de plus, i'ay pour toy grande eſtime,
Mais ie ne puis t'aymer ſans me noircir d'vn crime,
Lucrece a ſur mon ame vn abſolu pouuoir,
Mes viſites en vain ont flatté ton eſpoir,
Pouuois-ie moins te rendre, & par recognoiſſance
Ne te deuois-ie pas vn peu de complaiſance?

SCENE II.

LEONARD, D. IVAN.

LEONARD.

I E vous cherchois, D. Iuan.

D. IVAN.

Mes vœux ſont ſatisfaits,
Et l'heur de vous ſeruir fait mes plus grands ſouhaits,
Que me commandez-vous?

LEONARD bas.

Ah, que c'eſt grand dommage
Que cette lâcheté noirciſſe vn bon courage,
Et qu'vn homme ſorty d'vn ſang dont on fait cas
L'oſe deshonorer par vn vice ſi bas !
Qui le prendroit iamais pour voleur à la mine?

D. IVAN bas.

D'où vient qu'en parlant ſeul des yeux il m'examine?
Auroit-il pû deſia découurir noſtre amour,
Et que pour l'abuſer ie feins vn faux retour?
O Deſtin! ô Fortune à me nuire trop prompte!

LEONARD bas.

Ie ne puis me reſoudre à le couurir de honte.
Parlons-luy, mais feignons de croire ſeulement
Que de quelqu'autre main il tient mon diamant.
  Pour vous dire en deux mots le ſujet qui m'améne, à D.
C'eſt pour certain bijou dont ie ſuis fort en peine, Iuan.
On me vient d'aſſeurer qu'il eſt entre vos mains.

D. IVAN bas.

Qu'en peu de temps le Sort renuerſe mes deſſeins!

LEONARD bas.

Le voilà tout confus.

D. IVAN bas.

Que ie ſuis miſerable!

LE FEINT

LEONARD.

Je ne dis pas, D. Iuan, que vous soyez coupable,
Mais la main seulement de qui vous le tenez.

D. IVAN bas.

Qu'à me persecuter les Cieux sont obstinez!

LEONARD.

Non, ie ne doute point, quoy qu'on m'ait voulu taire,
Que qui vous l'a donné n'ait-eu droit de le faire,
Cessez de prendre soin de vous iustifier,
Vous l'estes auec moy.

D. IVAN.

Je ne le puis nier;

Il luy rend le diamant. J'ay vostre diamant, & veux bien vous le rendre:
Mais sans doute, Monsieur, on tâche à vous surprendre,
Et si la verité doit icy s'exprimer,
Ie suis le seul coupable & le seul à blâmer:

Bas. Plustost mourir cent fois que d'accuser Lucrece.

LEONARD bas.

Plus ie cache son crime, & plus il le confesse.

D. IVAN.

Ouy, de ce procedé moy seul i'ay tout le tort,
Et vous dire autre chose est faire vn faux rapport.

LEONARD bas.

A quel point son erreur le seduit & l'abuse!

Ie tâche à l'excufer, & luy-mefme s'accufe.

D. IVAN.

Ie vous le dis encor, quand ie pris ce deffein...

LEONARD.

Contre la verité vous difputez en vain,
Elle ne vous peut nuire encor que ie la fçache.

D. IVAN.

Puifque vous la fçauez, en vain ie vous la cache,
Et veux diffimuler en cette occafion.
Je le confeffe donc à ma confufion,
Mon vol eft trop hardy, ie fuis vn temeraire,
Mais fi mon crime eft tel qu'il puiffe vous déplaire,
Pour ma défence au moins fçachez que malgré moy
D'vn Aftre dominant i'ay reconnu la loy,
Dont la neceffité m'a mis dans la contrainte
De vous donner enfin iufte fujet de plainte.
Si le peu que ie vaux me défend d'efperer,
Par vos bontez, Monfieur, i'ofe vous conjurer...

LEONARD.

Non, non, ie ne fuis point vn iuge inexorable,
Ie cognoy trop dequoy la ieuneffe eft capable,
Et que l'occafion force la volonté.

D. IVAN.

Puifque vous l'excufeZ auec tant de bonté,

Pour me iuſtifier authoriſez mon crime,
Rendez de mes erreurs la cauſe legitime,
Et daignez conſentir qu'à Lucrece demain
En qualité d'époux D. Iuan donne la main.

LEONARD.

A ma fille ? à quel droit oſe-t'il y pretendre?

D. IVAN.

Faites-moy grace entiere en m'acceptant pour gendre,
I'ay le cœur franc & noble, & ſi i'ay peu de bien,
Au moins ſuis-ie d'vn ſang qui ne redoute rien,
Mon mal ſans ce remede ira iuſqu'à l'extréme.

LEONARD bas.

Eſt-il dans ſon bon ſens, ou ſuis-ie fou moy-meſme?
Reſvay-ie, ou ſe peut-il qu'il parle tout de bon?
Trouuant trop de peril au meſtier de larron,
Aux dépens de mon bien il veut ſe rendre ſage,
Et m'oſe demander ma fille en mariage.
O le plus plaiſant fou qui iamais ſe verra!
Qu'il vole, qu'il dérobe autant qu'il luy plaira,
Sans me deſobliger il peut ſe faire pendre,
Mais qu'il n'eſpere pas eſtre iamais mon gendre.
D. Iuan, ie vous promets, quoy que vous m'ayez dit...

D. IVAN.

Voſtre fille, Monſieur?

LEONARD.

Le secret, il suffit,

Adieu.

D. IVAN seul.

Vit-on iamais vne telle surprise?
A luy confesser tout luy-mesme il m'authorise,
Et quand il sçait le feu dont ie me sens brusler,
Il promet de se taire, & de n'en point parler.
O trop biZarre effet de ma triste fortune!
Mais que mal à propos ie vois cette importune!
Tâchons de l'éuiter.

SCENE III.

D. IVAN, LEONOR,
IACINTE.

LEONOR.

Arrestez vn moment,
D. Iuan, & receuez du moins mon compliment,
La ciuilité seule à cela vous conuïe.

Q.

Vne autre fous fes loix tient voftre ame afferuie,
Et ce cœur fi long-temps captif de ma beauté
Trouue enfin des appas dans l'infidelité:
Et bien, ce changement eft affez ordinaire,
Je le vois fans regret puifqu'il a pû vous plaire,
Mais fuyr à ma rencontre, & faire le furpris,
C'eft de l'indifference aller iufqu'au mépris,
Souuenez-vous du moins que vous m'auez aymée.

D. IVAN.

Dites mieux, que de moy vous fuftes eftimée.
Ouy, Madame, fi i'ofe enfin parler fans fard,
L'Amour dans mes deuoirs n'eut iamais grande part:
Ie vous deuois beaucoup, & faifois mon poffible
Pour vous monftrer vn cœur a vos bienfaits fenfible,
Mais il n'eft plus faifon de vous rien déguifer,
Ceffez d'eftre credule & de vous abufer,
D'vn fi charmant objet ie recognois l'empire
Qu'auant que de changer il faudra que j'expire.

LEONOR à Iacinte.

Auec combien d'adreffe il feint pour m'éprouuer!

D. IVAN.

Par vos commandements ie fus hier vous trouuer,
Vous ne vouluftes lors ny me voir, ny m'entendre,
Apres ce traitement rien ne vous doit furprendre,

Ne vous eſtonnez point de ce que ie vous fuis,
C'eſt voſtre ordre, Madame, & ie vous obeïs.

SCENE IV.

LEONOR, IACINTE.

IACINTE.

IL meurt d'amour pour vous, vous le croyez encore.

LEONOR.

Lors qu'il me traite mal c'eſt alors qu'il m'adore.

IACINTE.

D'vn autre feu luy-meſme il ſe confeſſe épris.

LEONOR.

C'eſt exprés qu'il affecte vn ſi cruel mépris,
Il feint, & ne me donne vn peu de jalouſie
Que pour mieux voir l'amour dont mon ame eſt ſaiſie.
Ie voy ce qu'il pretend, & i'en croy D. Fernand.

IACINTE.

Si i'oſe auec franchiſe en parler maintenant,
Ce n'eſt qu'vn impoſteur, à fourber il eſt maiſtre,

Et par son procedé vous le pouuez cognoistre,
Ne vous y fiez plus, quoy qu'il vous en ait dit,
Il vous trompe, Madame, & D. Iuan vous trahit:
En doutez-vous encore, & sans trop de foiblesse
Pouuez-vous ignorer qu'il adore Lucrece?
D. Lope vous l'a dit.

LEONOR.

D. Lope m'est suspect,
Tu sçais pour son amy qu'il n'a plus de respect,
Qu'il me parle d'amour sans craindre ma cholere,
Le rapport d'vn Riual est rarement sincere,
Et quoy que de D. Iuan il puisse me conter,
J'ay tousiours lieu de craindre & sujet de douter.

SCENE V.

D. LOPE, LEONOR, IACINTE.

D. LOPE.

Ne doutez plus, Madame, & croyez qu'au con-
traire

Le rapport de D. Lope est vn rapport sincere.
Mon amour quoy qu'extrême écoute la raison,
Ie ne vous pretends point par vne trahison,
Ie n'ay ny le cœur bas, ny l'ame intereßée,
Et bien loin d'auoir eu iamais cette pensée,
Tant que i'ay crû D. Iuan à vos charmes soûmis,
Qu'ay-ie fait ? qu'ay-ie dit ? que me suis-ie permis?
D'vn silence obstiné i'ay suby la contrainte,
Ie me suis défendu mesme iusqu'à la plainte,
Et si quelque soûpir m'échappoit quelquefois,
Comme vn enfant mal né ie le desaduoüois.
Mais puisque d'vn amy le change illegitime
Me permet aujourd'huy de soûpirer sans crime,
Souffrez que ie découure aux yeux qui m'ont charmé
Le beau feu qu'en mon ame ils auoient allumé,
Et qu'vn fàcheux respect me contraignoit de taire
Iusqu'à m'estre moy-mesme à moy mesme contraire,
Vous parler pour vn autre, & faire mon effort
Pour haster vn Hymen dont j'attendois la mort.

LEONOR.

Mais me dites vous vray ? D. Iuan n'est-il qu'vn
*   traistre?*

D. LOPE.

Vn violent amour de son cœur est le maistre.

LE FEINT

LEONOR.

Il me quitte?

D. LOPE.

Peut-estre il vous quitte à regret,
Mais par son propre adueu ie trahis son secret.

LEONOR.

Et pour Lucrece enfin l'ingrat m'est infidelle?

D. LOPE.

Encor tout maintenant il vient d'entrer chez elle.

LEONOR.

Puis-ie m'en asseurer?

D. LOPE.

Je l'ay veu de mes yeux.

LEONOR.

O le plus lâche amant qui soit dessous les Cieux!
Ne nous aueuglons plus, punissons son offence,
Qu'il ne soit plus pour moy qu'vn objet de vangeance.
D. Lope, m'aymez-vous?

D. LOPE.

Madame!

LEONOR.

Suiuez-moy:
Leonor est à vous, ie vous promets ma foy,
Mais pour seruir ma hayne, & vanger mon injure;
Je ne vous la promets que deuant ce parjure.

Ruinant ſon amour, & vous donnant la main,
Ie veux qu'il ſe repente, & ſe repente en vain,
Qu'il me voye à regret entre les bras d'vn autre,
Que ſon bonheur détruit eſtabliſſe le voſtre,
Et que perdant l'eſpoir dont il s'oſe flatter
Il regrette ce cœur qu'il n'a ſçeu meriter.

SCENE VI.

MENDOCE en équipage de voyageur, dans le jardin de Leonard.

A Dieu, Madrid, Adieu, ſans regret ie te quitte,
Le deſir du repos enfin m'en ſollicite,
Ie préfere le chaume à tes plus beaux Palais,
Et te dis derechef vn Adieu pour iamais.
I'abandonne tes murs, on n'y vit qu'auec trouble,
A peine bien ſouuent y gagne-t'on le double,
Quoy que i'aye touſiours ſeruy par intereſt,
Ma bourſe eſt ſi legere....

SCENE VII.

PHILIPIN, MENDOCE.

PHILIPIN.

Et bien, es-tu tout prest?

MENDOCE.

Tu vois, la grosse cappe auec de bonnes bottes.

PHILIPIN.

Mets-toy dedans ce rond.

MENDOCE.

Qu'est-ce que tu marmotes?

PHILIPIN.

C'est desia fait, il reste à te bander les yeux.

MENDOCE.

Pourquoy ! 　　### PHILIPIN.

Laisse-moy faire.

MENDOCE.

En voleray-ie mieux?

PHILIPIN.

Tu pourrois t'éblouyr, & tomber cul sur teste.

MEN-

MENDOCE.

Bande donc, mais dy-moy, la monture?

PHILIPIN. *Elle eſt preſte,*

Ie n'ay rien qu'à ſiffler, on me l'amenera.

MENDOCE.

Vne mule? ### PHILIPIN.

Vne mule. ## MENDOCE.

Et qui me conduira?

Si i'allois m'égarer?

PHILIPIN.

O la viſion bleuë!

Quelque Diable Folet ſuyura ta mule en queuë.

MENDOCE.

Il eſt donc, Philipin, des Diables muletiers?

PHILIPIN.

Doutes-tu qu'il n'en ſoit preſque de tous meſtiers?
Il en eſt de Sergents, il en eſt de Notaires,
Il en eſt de Barbiers comme d'Apotiquaires,
Il en eſt de Greffiers, il en eſt de voleurs,
Il en eſt de deuots & de Monopoleurs,
Il en eſt de tout poil, il en eſt de tous âges,
Il en eſt d'Vſuriers & de preſteurs ſur gages,
De ſouffleurs d'Alchymie & de rongneurs d'eſcus,
Il en eſt de jaloux, & meſme de cocus.

R

LE FEINT

MENDOCE.

De cocus? ### PHILIPIN.

Sans cela d'où leur viendroient les cornes?
Il en eſt de lourdauts, de hargneux, & de mornes,
Il en eſt d'enjoüez, il en eſt de grondants,
De danceurs ſur la corde & d'arracheurs de dents,
Il en eſt de village, il en eſt du grand monde,
Il en eſt à la mode, il en eſt à la fronde,
Enfin, que te diray-ie? il en eſt de galands,
De breteurs, de filoux, & de paſſeuolants,
Il en eſt de mutins, il en eſt d'amiables,
Il en eſt de méchants ainſi que tous les Diables.
Mais c'eſt trop s'arreſter, voicy le mien venu,
Monte. ### MENDOCE.

Débande-moy, pour voir s'il eſt cornu,
I'ay curioſité de voir vn Diable en face.

PHILIPIN.

Il le fait *Il t'épouuanteroit, il fait laide grimace,*
monter *Suffit qu'il te conduiſe.*
ſur vne
paliſſade
du jar- ### MENDOCE monte pendant que
din, & le Philipin le lie.
lie.
Ah, Monſieur le Lutin,
Ne m'abandonne pas au milieu du chemin,
Tu me ferois donner bien-toſt du nez en terre.

PHILIPIN.

Tout ira comme il faut.

MENDOCE.

Au Diable comme il ferre,

Relâche tant foit peu.

PHILIPIN.

Te voilà bien ainfi.

MENDOCE.

Qui me détachera?　　## PHILIPIN.

N'en fois point en foucy,
Et fçache feulement qu'alors que l'on arriue
L'on entend vne voix & dolente & plaintiue,
En fuite de grands cris, mais va, quitte ce lieu,
Adieu, marche. Ah Mendoce, Adieu Mendoce, Adieu. Il s'éloi-
O comme tu fens l'air!　　　　　　　　gne toû-
　　　　　　　　　　　　　　　　　　　　jours.

MENDOCE.

Ie fens bien que ie vole,
Car à peine j'entens le fon de fa parole.
Quel bonheur! ie verray mon païs aujourd'huy.

PHILIPIN *en prenant fa bourfe.*

S'il eft volé, ie m'offre à répondre pour luy.

MENDOCE.

Cette Mule endiablée eft fans mentir bien douce,
Elle va toute feule & fans que ie la pouffe,

　　　　　　　　　　　　　　　　R ij

Elle n'ébranſle point, i'y ſuis comme en mon lit.

Il luy fait vent auec vn ſoufflet. Ié croy que l'on acquiert en l'air grand appetit.

Mais il m'en auoit bien aduerty, le maroufle,

Diable, qu'il fait de froid, & quel vilain vent ſouffle!

I'en ay la barbe priſe & le nez tout gelé.

PHILIPIN.

On vient dans le jardin, & quelqu'vn a parlé.

Medaille du vieux temps, on te la ſauue belle.

SCENE VIII.

DIVAN, LVCRECE, BEATRIX, MENDOCE, PHILIPIN.

LVCRECE.

Q Voy, ſi-toſt découuerts! ô la triſte nouuelle!
Ceſſons de nous flatter, tout eſpoir eſt perdu.

D. IVAN.

Il me l'a demandé, ie l'ay ſoudain rendu

Ce gage precieux d'vne amour toute pure:

Mais à ce déplaiſir donnez quelque meſure,

Ie ne fçaurois me plaindre encor de fa rigueur,
Il m'a parlé touſiours auec grande douceur,
Et peut-eſtre, Madame, il fera moins farouche,
Quand il fçaura de vous que mon amour vous touche.

LVCRECE.

S'il ne tient qu'à cela, D. Iuan, foyeʒ certain
Que Lucrece eſt à vous peut-eſtre dés demain.

D. IVAN.

O charmante parole! LVCRECE.
Enfin ie vous la donne
D'eſtre à vous pour iamais, ou de n'eſtre à perſonne.

D. IVAN.

Que ie me tiens heureux de viure ſous vos loix!

MENDOCE.

Ie diſcerne auec peine vn bruit confus de voix,
Ie paſſe aſſeurément ſur quelque grande ville.

D. IVAN.

Ainſi le Ciel pour vous en miracles fertile…

BEATRIX.

Madame. LVCRECE.
Que veux-tu? quelqu'vn vient-il icy?

BEATRIX.

Ouy, noſtre bon vieillard, & l'Aſtrologue auſſi,
Ils entrent au jardin.

LE FEINT

LVCRECE.

Quel obstacle à ma joye!

D. IVAN.

Ne puis-ie m'échaper? LVCRECE.

Non pas sans qu'on vous voye,
Cachez-vous promptement, & croyez qu'en tout cas,
S'il faut parler pour vous, ie ne me tairay pas.

SCENE IX.

LEONARD, D. FERNAND, LVCRECE, BEATRIX, MENDOCE, PHILIPIN.

D. FERNAND.

Qve ce jardin est beau!

LEONARD.

C'est l'amour du bon-homme,
Et comme ie m'y plais, tout mon soin s'y consomme.

D. FERNAND.

Sur tout de ce ruisseau le murmure est charmant.

LEONARD.

Ma fille, approche-toy, voicy ton diamant.

LVCRECE à Beatrix.

Faut-il souffrir icy cet objet de ma hayne?

LEONARD luy rendant sa bague.

Rends grace à D. Fernand qui nous tire de peine.

D. FERNAND.

Madame, si le Ciel répond à mes souhaits,
Vous cognoistrez mon Zele à de plus grands effets.

LVCRECE.

Vous m'obligez, Monsieur, plus que ie ne merite.

LEONARD voyant entrer Leonor.

Que nous veut cette Dame?

MENDOCE.

O que ie vole viste!
Je passe sur vn lieu de l'autre differend,
Et le bruit qu'on y fait est de beaucoup plus grand.

SCENE X.

LEONARD, D. FERNAND, D. LOPE, LEONOR, LVCRE-CE, BEATRIX, MEN-DOCE, PHILIPIN.

LEONOR.

NE vous eſtonnez point ſi i'oſe icy paroiſtre,
Ie n'y viẽs, Leonard, que pour chercher vn traiſtre,
Et pour vous aduertir qu'au mépris de ſes feux
Vn parjure inſolent nous affronte tous deux.
S'il ayme voſtre fille, il eſt adoré d'elle,
Ce reciproque amour me le rend infidelle,
Il eſt caché céans ce lâche ſuborneur,
Faites-m'en la raiſon & vangez voſtre honneur.

LVCRECE bas.

O malheur impréueu!

MENDOCE.

J'entens la voix plaintiue,
Sans doute à mon pays c'eſt ſigne que j'arriue.

LEONARD

LEONARD regardant Lucrece.

Un homme icy caché! **LVCRECE.**

Dequoy m'accuſez-vous?

LEONARD.

Sois ſans crime, autrement redoute mon couroux.
Mais ie veux me purger de ce ſoupçon infame,
Il faut chercher par tout, allons, venez, Madame.
Voyons tout le jardin.

LEONOR.

Seroit-il point icy?

SCENE XI.

LEONARD, D. FERNAND, D. IVAN, D. LOPE, LEONOR, LVCRECE, BEATRIX, IACINTE, PHIL. MEND.

D. IVAN ſe monſtrant.

NE cherchez plus D. Iuan, Madame, le voicy.

S

LE FEINT
LEONOR.

Ingrat, traiſtre.

D. IVAN.

Ah, ceſſez de me faire vne injure
En me donnant les noms d'ingrat & de parjure.

LEONARD.

Le deſtin de ma fille agit bizarrement,
Ie rencontre vn voleur en cherchant ſon amant.
à D.Iuā. *Vous pretendiez encor joüer vn tour de maiſtre,*
Et pour nous dérober vous vous cachiez peut-eſtre.

LEONOR.

On perd icy l'eſprit, ou ie n'y cognoy rien.
Pour qui le prenez-vous?

LEONARD.

Madame, il m'entend bien.

D. IVAN.

Si ie vous entends bien, certes au moins i'ignore
Pourquoy i'ay merité que l'on me deshonore.
Ie ne ſuis point voleur, & i'ay le cœur trop haut
Pour ſouffrir qu'on m'impute vn ſi lâche defaut,
Pour me iuſtifier d'vne telle baſſeſſe
Il faut qu'aux yeux de tous la verité paraiſſe.
Ouy, i'ayme voſtre fille, & cet objet vainqueur
Depuis vn an entier diſpoſe de mon cœur,

Cette bague tantoſt que ie vous ay renduë,
C'eſt de ſa propre main que ie l'auois receuë,
Et ſi vous luy donnez liberté de parler,
Elle m'eſtime aſſez pour ne le pas celer.

LEONARD à Lucrece.

Dit-il vray? l'aymes-tu? parle ſans craindre vn pere.

LVCRECE.

Puiſque vous m'ordonnez de ne vous plus rien taire,
I'aduoüeray ma foibleſſe, & que depuis vn an
J'ay donné mon eſtime aux vertus de D. Iuan.

LEONARD tirant D. Fern. à part.

De grace, D. Fernand.   **LEONOR.**

Il ne le faut pas croire,
Il ne fait que fourber.

LEONARD.

Pour conſeruer ma gloire
Que faut-il que ie faſſe?

D. FERNAND.

Ouurez enfin les yeux,
Et ne reſiſtez plus aux volontez des Cieux.
Ie vous en ay tantoſt deſia dit ma penſée,
Que d'vn ſemblable Hymen elle eſtoit menacée:
Puiſqu'vn homme ſans biens doit eſtre ſon époux,
Pour faire vn meilleur choix, où le chercherez-vous?

S ij

D. Iuan eſt de ſang noble & d'illuſtre famille,
Puiſqu'auec tant d'ardeur il ayme voſtre fille,
D'vn mot de voſtre bouche authoriſant ſon feu
Donnez à cet Hymen vn genereux adieu.

LEONARD.

Suiuant l'ordre du Ciel on ne ſe peut méprendre.
Embraſſez-moy, D. Iuan, ie vous reçois pour gendre.

D. IVAN.

O joye ineſperée! ô ſupréme bon-heur!

LEONOR.

Eſt-ce ainſi, Leonard, qu'on vange mon honneur?

LEONARD.

Le mien intereſſé demandoit ce remede.

LEONOR à D. Iuan.

Eſcoute aueuglement l'ardeur qui te poſſede,
Va, traiſtre, rends hommage à l'infidelité,
Le Ciel me vangera de ta deſloyauté.
Allons, D. Lope, allons, ie vous tiendray parole.

SCENE XII·

LEONARD, D. FERNAND,
D IVAN, LVCR. BEATRIX,
PHILIPIN, MENDOCE.

D. IVAN.

D'Vne femme en couroux la menace est friuole.

MENDOCE.

Ah ie suis arriué, de ce coup ie le croy,
J'entends force grand crys, Lutin, débande-moy.

LEONARD détournant la teste
& apperceuant Mendoce.

Quel spectacle est-ce-cy.

PHILIPIN à D. Fernand.
La tromperie est bonne.

C'est nostre voyageur, que rien ne vous estonne,
Il se croit desia loin.

D. FERNAND.
O qu'il est ingenu!

Il faut le deslier.

MENDOCE descendu de la palissade.

Enfin ie suis venu,
Et ie ne fis iamais voyage tant à l'aise.
O ma terre natale, il faut que ie te baise.

LEONARD.

C'est Mendoce, est-il fou?

MENDOCE.

Que mes yeux sont rauis!
Vous estes donc aussi, Monsieur, en mon pays!
Mais pour vous y porter, ostez-moy de scrupule,
Le Diable vous a-t'il aussi fourny de mule?

LEONARD.

As-tu l'esprit troublé, c'est icy mon iardin,
Ne le cognois-tu pas?

MENDOCE.

Ah, traistre Philipin.

PHILIPIN.

Il court
apres Phi-
lipin qui
s'enfuit.   *Le charme t'a manqué.*

LEONARD.

Sont-ils fous l'vn & l'autre?

D. FERNAND.

Excusez vn valet qui s'est ioüé du vostre.

LEONARD.

Tout s'excuse aisément vous ayant pour amy.

D. FERNAND.

Vous ne me cognoissez encore qu'à demy.

LEONARD.

Voftre Art fi merueilleux…

D. FERNAND.

Brifons-là ie vous prie,
Ie vous entretiendray de mon Aftrologie,
Mais il faut que ce foit auec plus de loifir.

LEONARD.

Ie vous écouteray toufiours auec plaifir.
Tandis pour dégager ma parole donnée,
Il faut de nos amants terminer l'Hymenée,
Allons y donner ordre, & d'vn efprit content
Affeurer à D. Iuan le bonheur qu'il attend.

FIN DV CINQVIESME ET DERNIER ACTE.

PRIVILEGE DV ROY.

LOVIS PAR LA GRACE DE DIEV ROY DE FRANCE ET DE NAVARRE : A nos amez & feaux Conseillers les Gens tenans nos Cours de Parlement, Maistres des Requestes ordinaires de nostre Hostel, Baillifs, Seneschaux, Preuosts, leurs Lieutenans, & à tous autres nos Iusticiers & Officiers qu'il appartiendra, Salut. Nostre cher & bien amé LE SIEVR CORNEILLE, Aduocat en nostre Cour de Parlement de Normandie, Nous a fait remonstrer, qu'il a cy-deuant donné au Public diuerses pieces de Theatre qui ont esté receuës auec succez, & qu'il est sollicité d'en mettre maintenant au iour quatre nouuelles intitulées, *Andromede, Nicomede, le feint Astrologue. & les Engagemens du hazard ;* ce qu'il ne peut faire sans auoir nos Lettres de permission sur ce necessaires. A CES CAVSES, & defirans gratifier & fauorablement traitter ledit SIEVR CORNEILLE, en considera-tion de ses seruices, Nous luy auons permis & permettons par ces presentes de faire imprimer, vendre & debiter en tous les lieux de nostre obeyssance, lesdites *Quatre pieces de Theatre intitulées Andromede, Nicomede, le feint Astrologue, & les Engagemens du hazard,* par tel Imprimeur ou Libraire qu'il voudra le choisir, conjointement ou separément, en vn ou plusieurs volumes, en telles marges, en tels caracteres, & autant de fois que bon luy semblera durant dix ans, à compter du iour que chaque piece ou volume sera ache-ué d'imprimer pour la premiere fois. Et faisons tres-expresses defenses à toutes person-nes de quelque qualité & condition qu'elles soient, d'imprimer, faire imprimer, ven-dre & debiter lesdites pieces de Theatre en aucun lieu de nostre obeyssance sans le con-sentement de l'exposant, ou de ceux qui auront droit de luy, à peine de deux mil liures d'amende payables sans deport par chacun des contreuenans, & applicables vn tiers à Nous, vn tiers à l'Hostel-Dieu de Paris, & l'autre tiers audit Exposant, ou au Libraire dont il se sera serui, de confiscation des Exemplaires contrefaits, & de tous despens, dommages & interests. A condition qu'il sera mis deux Exemplaires de chaque volume, qui sera imprimé en vertu des presentes, en nostre Bibliotheque publique, & vn en celle de nostre tres-cher & feal le Sieur Marquis de Chasteauneuf Cheualier, Garde-des-Seaux de France ; à peine de nullité des presentes. Du contenu desquelles, Nous voulons, & vous mandons que vous faciez joüyr plainement & paisiblement durant ledit temps l'ex-posant, & ceux qui auront droit de luy, sans souffrir qu'ils y reçoiuent aucun empesche-ment. Voulons aussi qu'en mettant au commencement ou à la fin de chacune desdites Pieces ou Volumes, vn Extraict des presentes, elles soient tenuës pour deuëment signi-fiées, & que foy y soit adjoustée, & aux copies collationnées par vn de nos amez & feaux Conseillers & Secretaires comme à l'original. Mandons au premier nostre Huissier ou Sergent sur ce requis de faire pour l'execution de presentes tous Exploits necessaires, sans demander autre permission. CAR TEL EST NOSTRE PLAISIR, norobstant clameur de Haro, Chartre Normande, & autres lettres à ce contraires. Donné a Paris le 11 iour de Mars l'an de grace 1651. & de nostre regne le huisiesme.

PAR LE ROY EN SON CONSEIL.

CONRART.

Acheué d'imprimer le dernier May mil six cens cinquante & vn.

www.ingramcontent.com/pod-product-compliance
Lightning Source LLC
Chambersburg PA
CBHW070820250626
47170CB00006B/2173